Johannes Girmindl

Absinth

AF198566

Johannes Girmindl, 1978 in Wien geboren. Singer, Sinner, Songwriter und Schriftsteller, veröffentlicht im Eigenverlag Tonträger, schreibt unentwegt neue Lieder und Geschichten. Zuletzt erschienen: Unter 4 Augen (CD), Der Junggeselle (Erzählungen).

www.girmindl.at

Johannes Girmindl

Absinth

Fünf dunkle Erzählungen

Autorenfoto: Dylan Whiting

Bibliographische Information der Deutschen Nationalbibliothek:

Die Deutsche Nationalbibliothek verzeichnet diese Publikation in der Deutschen Nationalbibliographie; detaillierte bibliographische Daten sind im Internet über http://dnb.dnb.de abrufbar

Herstellung und Verlag: BoD – Books on Demand

ISBN: 9783744829533

Absinth

In stiller Gelassenheit fallen die Tropfen in regelmäßigen Abständen auf das gelbliche Stück Zucker, das sich seinem Schicksal auf dem dafür vorgesehenem Löffel ergibt. Jeder einzelne Tropfen löst einen geringen Teil des Zuckerwürfels auf und nimmt ihn, gerade dazu ermuntert, durch die Zwischenräume des Silberbestecks, in flüssiger Form mit, in die Tiefen des sich darunter befindenden Glases, das mit einer grünlichen Flüssigkeit bis zur Hälfte gefüllt ist. Die Ornamente im Kristall brechen das Licht der Kerzenflamme und lassen so die Tropfen, die das Grün des Getränks in eine milchige und trübe Farbe umwandelt, gespenstisch und scheinbar nicht von dieser Welt. Die Augenblicke bis zur Vollendung des Vorgangs scheinen keinerlei Eiligkeit zu besitzen, sie unterwerfen sich nicht den Gegebenheiten einer Zeitmessung, im Gegenteil, sie scheinen einen Vorgeschmack auf die Unendlichkeit zu geben, auf die nicht enden wollenden Weiten des Universums und die Untiefen der menschlichen Seele. Ein winziger Rest des Zuckers fällt mitsamt dem letzten Tropfen kristallklaren Wassers in das Glas. Vollkommenste Vollendung, das Ende eines Lebens, der Beginn eines neuen. Die Zubereitung erfordert Geduld, das Auskosten des gewollten Ergebnisses ebenso. Der Löffel verliert seine Position am oberen Rand des Glases, wird behutsam auf das *silberne Tablett gelegt und wartet dort seines abermaligen Einsatzes. Vorerst will das Glas geschwenkt werden, die abgesetzten Zuckerkristalle müssen vor dem Genuss noch einmal Bewegung erfahren und die milchigen Schlieren im opalen Grün der Flüssigkeit sollen sich ausbreiten, sodass die Farbe und letztendlich die Mischung homogen und gleichartig wird. Der erste Schluck ist jener, der den Geist in eine sinnliche Welt entführen zu vermag, der vollkommene Hingabe erwartet und Lust im Reich des Unentdeckten verspricht. Die weiteren Schlucke sind Schritte die wohl gewählt sein wollen, verführen sie einen doch tiefer in die Welt des Unbekannten, in die Tiefen der eigenen Seele, an Orte von denen man nicht einmal in den kühnsten Träumen zu Denken wagte. Auf diese Weise beginnt eine Reise durch Zeit und Raum die den eigenen Körper am selben Platz lässt, den Geist jedoch, ohne zu fragen mitnimmt, wohin auch immer.*

Es ist dies der letzte Abend meines Lebens, eines Lebens wie ich es bisher gekannt und geführt habe. Was der Morgen bringt, sollte es überhaupt noch einen Morgen für mich geben, kann ich nur erahnen und es lässt mich alleine der Gedanken daran erschaudern. Die Zeit, die mir jetzt noch bleibt und die ich in größter Angst verlebe, in Erwartung der unmenschlichsten Blasphemie, dem grausten Farbton meines bisherigen Lebens, der abgrundtiefsten Abscheu vor dem was kommen mag und muss, ist eine Zeit, die genutzt werden muss. Was mir der morgige Tag bringen wird, um genauer zu sein die morgige Nacht, wage ich nicht zu erdenken. Alleine die Aussicht auf mein weiteres Dasein lässt mich erschaudern. Der Fehler, den ich begangen habe, lässt sich nicht mehr umkehren, niemand kann mir dafür die Absolution erteilen, es gibt kein Verzeihen und es gibt keinerlei Hoffnung in diesem

Tal von Schmerz, schwarzer Magie und Verderben, welches ich in Kürze für den Rest meines Lebens durchwandern werde. Das ist auch der Grund, der Anlass, um diese Zeilen zu verfassen, von denen ich hoffe, dass sie die, die noch nicht diesen furchtbaren Fehler, der ihre Seele der ewigen Verdammnis zuführen wird, begangen haben, lesen werden, um danach zu handeln, um gewappnet zu sein. Diese Aufzeichnungen sollen eine Warnung an all jene sein, die noch die Möglichkeit haben das Tageslicht zu sehen, die keine Ahnung von den Untiefen der Nacht und der Verderbnis jener Kreaturen haben, die ihr teuflisches und unmenschliches Spiel mit uns Menschen treiben und das schon seit unendlich langer Zeit, abseits allen Lichtes, das sie scheuen, im Schutze der Dunkelheit und im Schutze der Unwissenheit der meisten Menschen auf dieser Erde. Ich muss mich beeilen, die Zeiger der Uhr bewegen sich langsam aber sicher auf den Abgrund zu, der sich heute Nacht öffnen wird, nur um mich in seinem bestialischen Schlund verschwinden zu lassen. Was mich auf der anderen Seite erwartet, kann ich nur erahnen und der Gedanke alleine, bringt die Feder in meiner Hand zum Schlingern, weil meine Ruhe und meine Gelassenheit, für die ich so anerkannt war, mich schon vor geraumer Zeit verlassen hat; die Entdeckung, welche ich vor einiger Zeit gemacht habe.... Aber lassen sie mich am Anfang beginnen und erst einmal erklären wer ich überhaupt bin und wie auch auf dieses abgrundtief böse und verabscheuungswürdige Geheimnis, das mit seinem bestialischen Gestank die Reinheit meiner unsterblichen Seele vergiftet und somit vernichtet hat. Ich bin das, was man heutzutage einen Profiler nennt. Ich kenne den Täter schon, bevor er noch gemordet hat. Ich weiß wer er ist, wie er denkt und was er fühlt. Natürlich kenne ich nicht sein

Aussehen und auch nicht seinen Namen und ich weiß auch nicht wo er, und in den meisten Fällen sind es fast ausschließlich Männer, wohnt. Ansonsten kenne ich die Person, als wäre ich mit ihr aufgewachsen, als hätte ich mein bisheriges Leben mit ihr verbracht. Die meiste Zeit, die ich für meine Arbeit aufwende, verbringe ich in den diversen Archiven, die mir zur Verfügung stehen, in meinem Büro vor dem Computer und im seltensten Fall am Tatort. Ich stelle Überlegungen an, ich verknüpfe Daten und versuche die Ergebnisse zu interpretieren, ihnen einen Sinn zu geben, sodass am Ende des Prozesses eine Verhaftung oder eine Kugel im richtigen Kopf stehen beziehungsweise stecken. Ich kann es wagen zu sagen, dass ich auf meinem Gebiet, einer der besten, wenn nicht sogar der beste bin. Nicht selten kommt es vor, dass ich ausgeliehen werde, um der Polizei befreundeter Länder mit meinem Wissen und meiner Erfahrung beiseite zu stehen. In den letzten Jahren habe ich mir sozusagen einen Namen auf dem Gebiet der Fallanalyse gemacht, dementsprechend ist die korrekte Bezeichnung meines Berufs Fallanalytiker, bei Profiler weiß jeder aber wovon ich spreche, dank der weitverbreiteten Falschinformationen durch das heutige Fernsehen. Ich habe keine Frau und auch keine Geliebte, es gibt keine Kinder aus vergangenen Beziehungen und meine Eltern sind vor vielen Jahren bei einem Wohnungsbrand ums Leben gekommen. Ich war damals dreiundzwanzig Jahre alt, habe mich aber damals recht schnell damit abgefunden. Im Großen und Ganzen sind das die besten Voraussetzungen für meinen Beruf. Es gibt keinerlei Ablenkung und Verpflichtung der ich nachzukommen habe, es wird, abgesehen von meiner Leistung nichts von mir erwartet. Was von mir wohl auch nicht erwartet worden ist, dass ich dieses schreckliche und blasphemische Geheimnis jemals ans Tageslicht zerren würde. Doch es bleibt mir nichts anderes übrig, ich muss, zumindest in der wenigen Zeit die mir noch bleibt, mein Wissen für die rechtschaffenen Menschen aufzeichnen, denn sie sind es, die noch eine kleine Möglichkeit haben, diese Welt, wie wir sie kennen, vor dem unausweichlichen Grauen zu retten. Einer meiner Arbeitsbereiche, abgesehen von Tatorten, ist das Archiv. Ich verbringe in ihm Tage und Wochen, an denen ich versuche, Parallelen zu finden, Schlüsse zu ziehen, aus längst vergangen Zeiten und Fällen, ob abgeschlossen oder nicht, die Vergangenheit in die Gegenwart zu bringen und daraus abzuleiten, was mir jetzt womöglich weiterhelfen würde. Der Mensch an sich, der Mörder, ist stets der gleiche. Seine kranke Psyche weist dieselben abartigen Züge auf, egal zu welcher Zeit. Die Krankheit, wie ich es nenne, war dieselbe, egal ob es sich 1755 oder 2017 begab. Während meiner Recherchen komme ich auch in Kontakt mit Abteilungen, von denen die meisten Normalsterblichen, und in meinem Fall Uneingeweihten, gar nichts wissen. Es gibt Abteilungen, die im Hintergrund agieren, deren Erfolg auch eben davon abhängt, dass die meisten Menschen von ihrer Existenz gar nichts wissen. Eine dieser Abteilungen ist jene, die mir eines endlos langen Nachmittags, den ich wieder einmal in den weiten unterirdischen Gängen des umfassenden Polizeiarchivs verbracht hatte, unterkam. Ich verglich Vorkommnisse im Laufe der Jahrzehnte, deren Parameter sich ähnelten, ja die fast ident waren. Was mich daran faszinierte war, dass ein Vorfall im Jahre 1887, dieselben Eigenschaften aufwies, wie die Verbrechen eines geständigen und mittlerweile toten Serienmörders. Hans Heiner hatte 37 Menschen in einem kleinen Ort, nahe der Tschechischen Grenze, bestialisch ermordet. Das war knappe vierzig Jahre später gewesen. Doch die Vorgehensweise von Heiner, glich den Morden von 1887 wie aufs Haar. Was mich dabei aber noch stutziger machte, war, dass der Wortlaut der Protokolle fast ident war. Und es war nicht nur der Wortlaut, der dem vor knapp vierzig Jahren davor glich, wie ein Ei dem anderen. Es war die Aktenzahl, die scheinbar einem völlig anderen System als wie üblich folgte, und es war die Abteilung, der diese Akte zugeordnet waren. Der Name der Abteilung, V-III, war mir nicht geläufig, er war völlig unüblich für eine Sonderkommission und vor allem, welche Sonderkommission arbeitete über Jahrzehnte und war gänzlich unbekannt? Ich forschte also weiter, auf eigene Faust, und auch immer nur dann, wenn ich Zeit dazu fand, und stieß im Laufe der Jahre auf die Protokolle einer offensichtlichen Verschwörung. Meine Erkenntnisse aber ergaben letztendlich keinen Sinn, zumindest nicht, wenn man alles nüchtern und rationell betrachtete und nichts anderes hatte ich in meinem bisherigen Leben getan. Die einzige Erklärung, die es für mich gab war: es gab eine Spezialeinheit, die Ereignisse nachträglich nach einem bestimmten Schema änderte, um von den ursprünglichen Vorkommnissen abzulenken. Aber warum geschah so etwas und was steckte dahinter? Ich hatte bis dahin noch mit niemandem darüber gesprochen, aber nun war es an der Zeit um jemanden ins Vertrauen zu ziehen. Wie schon gesagt, ich war recht angesehen und hätte, wenn es mein Wille gewesen wäre, ohne weiteres Ressourcen zur Verfügung gestellt bekommen, um meinen Forschungen nachgehen zu können. Im Regelfall; jedoch hier war ich mir ziemlich sicher, dass wenn ich mich nicht irren würde, ich einer Sache auf der Spur war, die, würde sie mich wirklich zu dem Ergebnis bringen das ich vor Augen hatte, es wohl nicht im Interesse derer sein konnte, die dafür gesorgt hatten, dass niemand von den Aktivitäten der Abteilung V-III erfuhr. Ich vertraute mich also einem väterlichen Freund an, einem Polizeibeamten der mich in meiner Anfangszeit und nach dem Tod meiner Eltern unterstützt und gefördert hatte. Anfänglich versuchte er meine Anstrengungen klein zu reden, wollte mir einreden, dass ich mich auf einer falschen Fährte befinden würde und, dass ich es lieber wieder sein lassen sollte. Denn würde ich meine absurden Überlegungen und Schlussfolgerungen publik machen, würde man im Gegenzug an meinem Geisteszustand zweifeln und meine, mit Geduld und Fleiß über lange Jahre aufgebaute Karriere wäre mit einem Schlag beendet. Ich glaubte ihm kein Wort. Wir kannten uns schon so lange, dass ich mir ziemlich sicher war, das, hinter dem ich her war, war es wert ans Tageslicht zu kommen. Ich verabschiedete mich freundlich und entgegnete, dass ich mich, wenn es denn so sei, wie er sagte, davon wieder abwenden und meiner üblichen Tätigkeit wieder nachgehen würde. In Wahrheit aber stürzte ich mich nur noch mehr in meine Recherchen und entdeckte im Laufe des folgenden Jahres, noch viel unheimlichere Umstände, die allesamt mit dieser offensichtlich geheimen Abteilung und deren Wirken bei Vorkommnissen, die alle in einem bestimmten Zyklus stattgefunden hatten, in direktem Zusammenhang zu stehen schienen. Ich sprach weiterhin mit niemandem über meine Entdeckungen, begann aber, diverse Vorkehrungen zu treffen, denn ich fühlte mich nicht mehr all zu sicher. In meiner Wohnung war, wenn auch äußerst professionell, eingebrochen worden, meine Schränke und mein Schreibtisch waren offensichtlich durchsucht worden, und was mich daran so verunsicherte war, dass keinerlei Spuren hinterlassen worden waren. Ich sollte es überhaupt nicht merken, dass jemand bei mir daheim gewesen war. Auch hatte ich jetzt des Öfteren den Eindruck, dass mich jemand verfolgte. Natürlich konnte ich niemanden sehen, wenn ich mich umdrehte war die Gasse hinter mir leer oder es waren so viele Menschen unterwegs, dass es mir unmöglich war, heraus zu finden wer mich verfolgt hatte. Wer es auch immer gewesen war, er hatte in meiner Wohnung nichts gefunden; also musste er mich unter Beobachtung halten. Ich hatte meine Notizen gut versteckt, so gut, dass ich mir sicher war, dass sie von niemandem gefunden werden konnten. Aber ich sollte mich irren. Denn als ich mich, nach einem kurzen Arbeitstag aufmachte, um an meinem Steckenpferd weiterzuarbeiten, waren meine Unterlagen verschwunden. Das bedeutet, dass nun auch andere von meinen Recherchen, und vor allem deren Inhalt, wussten. Von diesem Tag an legte ich meine Dienstwaffe, die ich eigentlich so gut wie nie bei mir getragen hatte, nicht mehr ab. Ich ging mit ihr ins Bett und ich stand mit ihr auf. Andererseits würde sie mich nur gegenüber irdenen Vertretern der Gegenseite schützen. Gegen die eigentliche Gefahr, der ich mir mittlerweile definitiv bewusst war, würde sie nichts ausrichten; aber auch dafür hatte ich vorgesorgt. Und dann, ich glaube es war ein Dienstag, kurz vor Dienstschluss, befand ich mich gerade in meinem Büro, als ich einen Anruf meines väterlichen Freundes erhielt. Er fragte mich, ob ich noch arbeitete und mich mit ihm treffen könnte wenn ich fertig wäre. Ich hatte Zeit und ich schlug ihm vor, dass wir uns sofort sehen konnten. Ich würde zu ihm in den anderen Trakt des Gebäudes kommen, in fünf Minuten könnte ich da sein. Das wollte er vehement nicht und ich war etwas verwundert ob seiner barschen Worte. Diesen Ton war ich von ihm, der normalerweise bestimmt aber herzlich war, nicht gewöhnt und ich fragte ihn, was er denn von mir wollen würde. Er würde mir alles erzählen, wir sollten uns in dem Café treffen, das sich nicht unweit unserer Arbeitsstelle befand. Als ich dort eintraf, saß er schon an einem Tisch in der Ecke, von dem er aus das gesamte Lokal überblicken, aber nicht von der Straße aus gesehen werden konnte. Im ersten Moment machte ich mich ein wenig lustig ob seiner Geheimniskrämerei und den offensichtlichen Vorsichts- maßnahmen, um aber umgehend zu verstummen, weil mir selbst der Ernst der Lage klar geworden war. Ich bestellte mir ein kleines Bier als der Ober an unseren Tisch herantrat und widmete mich dann meinem väterlichen Freund. Der wartete bis der Kellner außerhalb unserer Hörweite war, beugte sich verschwörerisch zu mir, um mit gedämpfter Stimme zu sprechen zu beginnen. Ich hatte recht gehabt, begann er, ich war einer Sache auf der Spur, die alle meine Vorstellungskraft sprengen würde. Er entschuldigte sich, dass er damals meine Recherchen als wahnwitzig und unsinnig abgetan hatte, er hatte es alleine aus einem einzigen Grund getan, nämlich um mich zu schützen. Das Geheimnis, das er mir darauf anvertraute, ließ mich an meinem Verstand zweifeln, allem was ich bis daher geglaubt hatte, was mir beigebracht worden war und was uns der gesunde Menschenverstand gebot. Alle Naturgesetze wurden aus den Angeln gehoben, meine Idee von Himmel und Erde wurde auf den Kopf gestellt, und wenn ich ehrlich bin, konnte ich keines seiner Worte glauben. Doch ich war selbst auf all die verworrenen Indizien gestoßen, auf all die abscheulichen und vernichtenden Beweise, auf all die Bilder aus einer Welt, von welcher ich bis zu diesem Zeitpunkt nicht einmal ahnen hatte können, dass sie existierte. Es gab eine geheime Abteilung. Eine geheime Abteilung, die sich von all den anderen geheimen Abteilungen, die verdeckt ermittelten, unterschied; sie schien nicht zu existieren. Sie war kein Geheimnis über das man hinter vorgehaltener Hand sprach, von dem jeder wusste, es aber nicht im hellen Tageslicht zu benennen sich getraute. Und jetzt bin ich an dem Punkt angelangt, an dem ich darauf hinweisen möchte, dass jedes meiner Worte aus der tiefsten Wahrheit meiner Seele kommt. Ich habe nichts hinzugefügt und nichts weggelassen. Die abgründigste Wahrheit, der Schrecken unseres Daseins wird widergespiegelt in jeder Silbe des nun Folgenden. Eine teuflische Macht wandelte seit Urzeiten über die Weiten des Landes, des Kontinents und der restlichen Welt. Kreaturen von tiefster Blasphemie genährt, dürstend nach dem Blut der Unwissenden und Unschuldigen, auf der Jagd nach immer weiteren Opfern, die sie dann zu den Ihrigen machten. Doch konnte man es irgendjemandem vorwerfen solch grauenvolle Gewissheit von der übrigen Bevölkerung fernhalten zu wollen? War es nicht die Pflicht jedes gewissenhaften und rechtschaffenen Staatsmannes sein Volk in Ruhe und Frieden leben zu lassen, sich nicht beschäftigen zu müssen, mit der bestialischen und grausamen Herausforderung, die des Nachts, immer weiter auf der Suche nach neuen Opfern, das Land verunsicherte? Abteilung V-III beseitigte das Schlachtfeld, das zyklisch, so wie ich es herausgefunden hatte, an immer anderen Orten, zurückgelassen worden war, und von all dem teuflischen und blasphemischen Treiben Zeugnis ablegte. Die Vorkommnisse wurden offiziell als Unglücksfälle, als die Taten Wahnsinniger dargestellt. In den Zeitungen wurde kurz berichtet, dann wieder vergessen. Früher mag das vielleicht noch einfacher gewesen sein, in der heutigen Zeit bedurfte es einiges an Kreativität um plausible Erklärungen für die Mächte der Finsternis zu finden. Abteilung V-III beseitigte die Schlachtfelder von Vampirattacken. Aber es machte Sinn. Mein väterlicher Freund fuhr in seinen Ausführungen fort, dass man gar nicht mehr genau wusste, wann das alles begonnen hatte, wann es zum ersten Mal ein Einsatzgeschehen gegeben hatte, oder aber auch, wann diese Einheit gegründet worden war. Verblüffend daran aber war, dass im Laufe ihres Bestehens, kein einziges Wort über ihre wahre Tätigkeit den Weg nach außen gefunden hatte. Es war eine eingeschworene Gruppe diverser Beamte, die mit Unterstützung zweier Priester, eines katholischen und eines orthodoxen, ihrer Arbeit nachging. Ihre offiziellen Tätigkeiten, die, für die sie laut Buchhaltung bezahlt wurden, waren Schreibtischjobs, die bei genauer Betrachtung keinerlei Sinn ergaben. Während seiner Ausführung zitterte mein väterlicher Freund des Öfteren, fing sich dann aber wieder, um weiter sein Wissen mit mir zu teilen. Woher er das alles wusste, war mir ein Rätsel, und als ich mich, immer noch kalte Schauer über meinen Rücken laufend, alleine auf den Heimweg machte, denn darauf hatte er bestanden, nahm ich mir vor, ihn bei unserem nächsten Zusammentreffen danach zu fragen. Dass es dazu nicht mehr kommen würde, wusste ich zu diesem Zeitpunkt noch nicht, dazu aber später. Daheim angekommen, verschloss ich meine Tür sorgfältig, überprüfte jedes Schloss ein weiteres Mal, bekreuzigte mich und setzte mich an meinen Arbeitstisch. Die meisten meiner Unterlagen waren gestohlen geworden, alles was ich wusste, war in meinem Gehirn gespeichert. Ich begann nun, mit meinem neuen Wissen und dem, woran ich mich noch erinnerte, grobe Skizzen anzufertigen, aufzuzeichnen was ich wusste, welche Bilder Teile eines größeren waren, und was sie, mit meinen neuen Erkenntnissen ergeben würden. Diese Sicherheit, ob der bestialischen und grausamen Wahrheit, der ich mir immer gewiss war, nun die Bestätigung durch meinen väterlichen Freund erhalten hatte, ließ mich zittern und zur Flasche Absinth, welche ich immer auf dem Regal neben meinem Arbeitsplatz aufbewahrte, greifen. Ich vollzog damals das Ritual, so wie ich es heute getan habe, bevor ich mich setzte, um meinen Bericht zu verfassen, in der Hoffnung, jemand wird ihn lesen und die schändlichen Machenschaften des abgrundtief Bösen beenden, oder zumindest die Welt darüber in Kenntnis setzen, sodass sie, in einem letzten Aufbäumen der rechtschaffenen Menschheit dem blasphemischen Treiben ein Ende setzen möge. Ich trank zu viele Gläser des starken Getränks, sodass ich gar nicht mehr wusste wie ich zu Bett kam. Jene Nacht wurde ich durch ein Geräusch geweckt, dass mir nicht von dieser Welt schien. Ich lag starr vor Angst unter meiner Decke, es fröstelte mich und ich getraute mich nicht aufzustehen. Als ich all meinen Mut zusammen nahm, aus meinem Bett stieg und mich zum Fenster aufmachte, denn ich glaubte, dass es von dort kam, sah ich im Lichtschein der Straßenlaterne eine Fledermaus, wie sie sich aufmachte von mir hinwegzufliegen, nicht ohne für einen winzigen Augenblick, den Hauch einer Sekunde, mir mit ihren schwarzen Augen tief in die meinen zu Blicken. Als ich am nächsten Tag erwachte, tat ich das nächtliche Ergebnis als Albtraum ab, als Konstruktion meiner Phantasie, die wohl unter den Eindrücken der Erzählung meines Freundes noch immer gelitten haben musste. Ich trat meinen Dienst, so wie immer, pünktlich, jedoch an diesem Tag, etwas übernächtigt an. Ich hatte meine Notizen, welche ich mir spät abends daheim gemacht hatte mit ins Büro genommen und von diesem Zeitpunkt an, trug ich sie immer bei mir. Ich versuchte auch alle weiteren Aufzeichnungen so kurz wie möglich zu halten und auf das Wesentlichste zu beschränken, ganz einfach aus jenem Grund, um nicht allzu viel Papier zu produzieren, das ich ab sofort nicht aus meinen Augen lassen durfte. Ich vergaß meine Aufzeichnungen zwar nicht, hatte aber anderweitig zu tun. Es kam mir so vor, als hätte ich so viele Fälle zu denen ich zugezogen worden war, wie schon lange nicht mehr. Oftmals kam ich so spät nachhause, dass es nur noch reichte für eine schnelle Dusche, wollte ich zumindest ein wenig Schlaf bekommen. An manchen Tagen schlief ich sogar im Büro, weil ich es mir einfach, in Hinblick auf die Zeit, nicht leisten konnte, den Heimweg und den Weg ins Büro in Kauf zu nehmen. So verbrachte ich einige Monate und manchmal fragte ich mich, wann denn ein Ende in Sicht sein würde. Seit mindestens einem Jahr hatte ich keinen Urlaub mehr gemacht und benötigte dringend eine Woche Auszeit. Ich hatte vor das Land zu verlassen, eine Woche ans Meer zu fahren, dort mich von den Wellen freiwaschen zu lassen von all den Mördern und Psychopathen, mit denen ich mich Tag und mittlerweile auch Nacht umgab. Also bat ich meinen Vorgesetzten mir eine Woche Urlaub zu gewähren. Ich war verblüfft, dass er darauf, ohne Überredungsversuche einwilligte, und mir auch noch eine zweite Woche zusätzlich anbot, die ich dankend nahm. Also verließ ich mein Büro, fuhr in meine Wohnung, packte das Nötigste zusammen und fuhr zum Flughafen. Dort angekommen suchte ich eines der vielen Reisebüros auf, um mir ein Last-Minute Angebot, das meinen Erwartungen entsprechen würde, geben zu lassen. Ich war noch nie in Griechenland gewesen und das sollte sich nun schlagartig ändern. Der Flug war angenehm und es klappte alles wie am Schnürchen. Das Hotel entsprach meinen Anforderungen, der Strand war direkt vor der Haustüre und das Wetter schien gnädig mit mir zu sein. Ich lag in der Sonne und schlief die ersten Tage wohl die meiste Zeit. Mein Gehirn schien befreit, mein Geist leerte sich, und eine schon vergessen geglaubte Gelassenheit, schien von mir Besitz zu ergreifen. Ich fühlte mich richtig wohl. Und dann trat ein Mensch in mein Leben, von dem ich in meinen kühnsten Träumen nicht gewagt hatte zu glauben, dass es ihn gab. Sie hieß Antaria und war die zum Leben erweckte Schönheit einer Vorstellung, die ich nie gewagt hätte anzusprechen. Sie aber sprach mich an. Wir waren beide hier, um vieles hinter uns zu lassen, verstanden uns auf Anhieb und beschlossen, die restliche Zeit gemeinsam zu verbringen. Wir unternahmen Ausflüge ins Landesinnere, verbrachten die Abende in den Tavernen und die Nächte gemeinsam in unseren Hotel-zimmern. Ich hatte schon vergessen was Liebe bedeuten konnte und was sie im Stande war mit jemandem zu machen. Und ich ließ es geschehen, ergab mich meinem Schicksal, von dem ich damals noch nicht wusste, was es für mich bereithalten würde. Im Rückblick waren diese beiden Wochen, wenn man davon absieht wozu sie bestimmt waren, eine der schönsten meines Lebens. Eines Lebens, das in Kürze enden wird oder, genauer gesagt, sich verändern wird. Doch bevor mich der Schlund der Hölle zu einem reißenden Tier verwandeln, bevor bestialischer Gestank und widerwertigste Blasphemie meine Seele verschlingen wird, folge ich dem Ruf meines immer noch reinen Gewissens, um die Welt zu warnen, was auf sie zukommen könnte, wenn niemand dem Spuk eine Ende bereitet. Antaria begleitete mich zurück in meine Heimatstadt, um nicht viel später auch hier Tisch und Bett mit mir zu teilen. Sie zog bei mir ein und war mir, so wie man es wohl nannte, eine gute Gefährtin. Sie verzauberte meine Nächte in Stunden purer Ekstase und Lust, meine Tage in Stunden vertrauter Zweisamkeit und erweckte wieder die Liebe in mir zum Leben. Im Rückblick erscheint mir das Geschehene als der größte Betrug, den man an einem Menschen vollführen kann, jedoch wusste ich damals noch gar nichts und nicht der Hauch einer Ahnung ließ meine Gedanken in andere Gefilde wandern. Antaria führte mir den Haushalt, wartete auf mich wenn ich müde von meiner Arbeit nach Hause kam und als ich sie an einem Abend fragte, was sie denn für eine Tätigkeit ausübte, sagte sie nur kurz, sie könne es sich leisten, nichts zu tun. Ich kam dann nicht mehr auf dieses Thema zu sprechen, einerseits weil ich es akzeptierte und andrerseits, weil sie mich niemals um Geld bat. So nahm ich es für gegeben und ließ sie damit zufrieden, weil ich bemerkt hatte, dass es ihr ein wenig unangenehm zu sein schien. Und wahrscheinlich, weil ich mit ihr glaubte, mein Glück gefunden zu haben. Antaria akzeptierte meine Arbeit, die vielen Überstunden und die grausamen Details, nach denen sie mich manchmal befragte. Ich wollte ihr nicht allzu viel zumuten, jedoch machte sie den Eindruck, als würde es ihr nichts ausmachen und sie schien auch ehrliches Interesse daran zu haben. Hätte ich gewusst worauf diese vorgeschobene Liebschaft hinauslaufen würde, ich hätte sie umgehend aus meinem Leben verbannt und wäre für alle Zeiten aus dieser Stadt und diesem Leben geflüchtet. Und dann begann meine Liebe davon zu sprechen, wie gut es nicht wäre, wenn ich doch einen engeren Kontakt zu meinem Vorgesetzten haben würde. Es wäre gut für meine Karriere, ich könnte den Aufstieg schaffen, denn ich hatte das Potential dazu, etwas aus mir zu machen. Im Eigentlichen war ich zufrieden. Womit Antaria aber Recht hatte war, ich arbeitet nun schon einige Jahre ohne einer Vorrückung in unseren Tabellen, ohne einer Rangerhöhung, und sei sie auch nur symbolisch gewesen. Also befolgte ich ihren Rat und wartete auf den richtigen Moment, um meinen Vorgesetzten einzuladen. Und was mich verblüffte, er sagte ohne Umschweife zu. Das gemeinsame Abendessen ging relativ unspektakulär über die Bühne, es wurden Floskeln ausgetauscht, ich bemerkte, dass er Antarias Gegenwart schätzte, mich lobte und dann, kurz bevor er ging, mir den Rat ging, zu unser aller Hofrat vorzudringen, und dort mein Ansinnen vortragen. Er meinte, er würde das schon in die richtigen Bahnen leiten, ich sollte mir keine Sorgen machen, bei all meinen Verdiensten war das ein Leichtes. So bekam ich zwei Wochen nach seinem Besuch einen Anruf von besagtem Hofrat, der mich persönlich zu sehen gedachte. Ich ließ keine unnötige Minute verstreichen, denn er hatte mich umgehend zu sich gebeten. Sein Büro glich eher einem Rauchersaloon, für mich unverständliche Gemälde hingen an den Wänden, das Mobiliar schien aus einer anderen, eleganteren Zeit zu stammen und zwei der vier Wände waren von Büchern gesäumt, von denen keines einen mir geläufigen Titel hatte. Das Licht, das schwach den Raum erhellte, vor allem wohl auch weil die Vorhänge keinen Lichtstrahl hindurchließen, schien eine Atmosphäre einer längst vergessenen Zeit heraufzubeschwören, als Beamte wie ich, noch höheres Ansehen genossen und jedes Rädchen im System seinen Platz zu schätzen wusste. Ich saß ihm unscheinbar und demütig gegenüber, hatte den mir angebotenen Cognacschwenker in der Hand und brachte kein Wort hervor. Er hatte von meiner

Gefährtin gehört, von dem gemeinsamen Abendessen mit meinem Vorgesetzten und sagte mir, dass er sich wohl schlecht selbst einladen könne. Ich meinte, dass ich Abhilfe schaffen konnte und lud ihn im selben Moment zu mir nach Hause ein. Er bedankte sich, ich fragte nach einem Termin und er meinte, dass wäre nun nicht mehr so dringend, die Einladung war ja nun ausgesprochen. Ein wenig verwundert ging ich in mein Büro zurück, und Gott alleine weiß, wieso ich mich in diesem Moment an meinen väterlichen Freund erinnerte, den ich seit dem Abend, an dem er mich in jenem Café getroffen hatte, nicht mehr gesehen hatte. Ich dachte bei mir, dass nun der richtige Zeitpunkt gekommen war, gab es ja auch vieles zu berichten, was sich in meinem Leben mittlerweile verändert hatte, um ihn anzurufen. Ich wählte seine hausinterne Nummer und wartete, dass abgenommen wurde. Die Stimme am anderen Ende gehörte einer, meines Erachtens, mittelalterlichen Dame. Ich dachte schon, dass ich mich verwählt hatte, da traf mich die Meldung wie ein Schlag ins Gesicht. Mein väterlicher Freund war tot. Er war noch am Unfallort seinen Verletzungen erlegen. Und das just am selben Abend, an dem wir uns zum letzten Mal gesehen hatten. Wie versteinert saß ich da, den Hörer in der Hand. Und als ob ich einen vorbestimmten Plan auszuführen hätte, holte ich meine Aufzeichnungen, die ich Monate schon nicht mehr gesehen hatte hervor und begann sie mir wieder anzusehen. Während ich die Blätter überflog, schien es mir, als würde die Temperatur im Raum ins Bodenlose fallen und es begann mich zu frösteln. Ich entschloss mich den Arbeitstag für heute zu beenden, packte meine Aufzeichnungen in meine Tasche und verließ das Amtsgebäude. Daheim schloss ich meine Wohnungstüre auf um umgehend zu bemerken, dass etwas ganz und gar nicht in Ordnung war. Antaria war fort. Und das erschreckende daran war, dass es keinerlei Spuren von ihr in der Wohnung gab. Als wäre sie niemals hier gewesen. Im ersten Schrecken durchsuchte ich alle Räume, ja selbst auf der Toilette sah ich nach, nur um die Erkenntnis zu erlangen, dass es keinen Anhaltspunkt für ihre Existenz in meinen vier Wänden gab. Ich war verwirrt und am Boden zerstört weil ich mir nicht erklären konnte, ob ich am Rande des Wahnsinns stand oder ob sie mir einen bösartigen Streich spielte. Es hatte keinen Streit gegeben, nicht einmal eine kleine Meinungsverschiedenheit, die ein Verschwinden meiner Gefährtin erklären konnte. Es war ein bitteres Rätsel das mir das Schicksal aufgetragen hatte. Ich beschloss, mich erst einmal zu fangen und setzte mich an meinen Schreibtisch, griff nach der Flasche Absinth, vollzog alles Nötige und trank mein Glas in einem Zug leer, was ein wenig dem Sinn des aufwendigen Rituals und des darauffolgenden Genusses widersprach. Ich holte meine dichtbeschriebenen Blätter aus meiner Arbeitstasche hervor und begann sie, von Anfang bis Ende zu sichten. Ich verglich Daten, Namen, und Orte. Vorgehensweisen, die Ergänzungen meines Freundes und Fakten, die mir jetzt wieder einfielen und die ich bei der ersten Niederschrift vergessen hatte. Das Bild wurde im Laufe der Stunden umfassender und vor allem genauer. Es musste kurz vor zwei Uhr nachts gewesen sein, als ich eine Entdeckung machte, die mir das Blut in den Adern gefrieren ließ. Es waren die Namen, sie hingen alle miteinander zusammen. Anagramme, Akronyme und andere Wortspielereien, die auf den ersten Blick keinen Sinn ergaben, konnte man aber mehrere miteinander vergleichen, schienen sie, als wären sie von Kinderhand entworfen worden. Und da fiel es mir wie Schuppen von den

Augen. Ich hatte die Bilder noch. Sie waren nicht bei den restlichen Aufzeichnungen verwahrt gewesen. Ich hatte sie, aus welchem Grund auch immer, in einem meiner Vorzimmer-kästen aufbewahrt gehabt, gleich neben alten Familienfotos. Ich fand sie auf Anhieb und stieg in eine Vergangenheit, die sich ihren Weg, der nach Verdammnis und Verderben stank, in die Gegenwart gebahnt hatte. Ich hätte diese Bilder damals besser studieren sollen, ich hätte mich mit ihnen beschäftigen sollen. Ich hatte mich von Orten, Daten und Vorkommnissen ablenken lassen, von Geschehnissen unbeschreiblicher Grausamkeit, dabei lag die Antwort, ja die Lösung in den Bildern. Obwohl die Aufnahmen, vor allem die aus dem vorletzten Jahrhundert, nicht die besten waren, konnte ich sie alle erkennen. Und ich konnte auch erkennen, warum diese Abteilung so streng geheim war. Es war nicht ihre Aufgabe, die Bevölkerung in Sicherheit zu wiegen, sie sorgte dafür, dass die Vampire in Ruhe ihrer teuflischen Natur entsprechen konnten, ihre blutigen Raubzüge vollziehen konnten, ohne jemals von jemanden aufgehalten zu werden. Abteilung V-III hatte sich gewandelt, sie war nicht mehr das wofür sie gegründet worden war, sie war Handlanger und Gehilfe der Kreaturen der Nacht geworden. Diese Erkenntnis ließ mich an einen der letzten Sätze meines väterlichen Freundes erinnern; „Es hat sich vieles verkehrt", meinte er damals. Jetzt verstand ich, was er damit gemeint hatte. Am nächsten Tag meldete ich mich krank. Ich hatte keine Kraft und ich wollte auch jenes Haus nicht betreten, das Herberge für die dunklen und blasphemischen Mächte der Finsternis geworden war. Ich versuchte mich auszuruhen, ein wenig Schlaf nachzuholen, hatte ich ja fast die ganze Nacht mit dem Studium meiner Unterlagen verbracht. Auch musste ich eine

Art Ausweg finden, einen Plan, wie ich nun weiter vorgehen konnte. Da läutete kurz vor drei das Telefon. Es war besagter Hofrat, er erinnerte mich an meine Einladung und verkündete voller Freude, dass es nun Zeit wäre, sie anzunehmen. Er würde, kurz nach Sonnenuntergang bei mir vorstellig werden. Und so sitze ich hier, um aufzuschreiben was ich weiß, um für die Welt da draußen zu erhalten, was ich herausgefunden habe. Die Möglichkeit, die Bestien aufzuhalten, ihnen Einhalt zu gebieten, besteht nach wie vor. Ich werde es nicht sein, das Werkzeug des Widerstands, der Stachel im Fleisch der gottlosen Kreaturen der Nacht, die aus der tiefsten Hölle heraufgestiegen sind um die Menschheit als ihre Sklaven zu halten, um sich von ihrem Blut zu ernähren und sie somit zu den Ihrigen zu machen, die als letzte Konsequenz die ewige Verdammnis erwartet. Vampire muss man einladen, ich habe es getan und damit mein Schicksal besiegelt. Ich habe es getan bevor ich die Gesichter auf den alten Photographien verglichen habe.

Die Gesellschaft

Die Regentropfen liefen die Windschutzscheibe herab und wurden von links nach rechts gewischt. Im Inneren des Wagens wurde geflucht. Hinter dem Steuer saß ein Mann, drehte den Zündschlüssel mehrmals herum, doch der Wagen sprang nicht mehr an. Auf dem Beifahrersitz neben ihm, saß eine Frau und starrte in die finstere Landschaft. In einer Hand hielt sie eine Zigarette an der sie jetzt zog. Sie würden zu spät kommen. Viel zu spät. Das Auto aber rührte sich nicht vom Fleck. Der Mann stieg aus, öffnete die Motorhaube und warf einen Blick darunter. Er wusste, dass er nichts davon verstand, was ihn aber nicht davon abhielt und so rüttelte er an einigen Kabeln. Keines davon war lose. Der Wind ließ die Kronen der Bäume des Waldsaums ihre Schatten gespenstisch im Mondlicht werfen. Um zu vermeiden, bis auf die Haut durchnässt zu werden, stieg er wieder ein und fluchte ein weiteres Mal. Ausgerechnet jetzt. Sie hatten noch ein geraumes Stück Weg vor sich und bei diesem Wetter schien es, als seien sie die einzigen, die zu so später Stunde noch unterwegs waren. Die Frau hatte mittlerweile ihre Zigarette fertig geraucht, drückte sie im Aschenbecher aus und dreht sich zu dem Mann. „Dort hinten ist ein Lichtschein", sagte sie. Er versuchte etwas zu erkennen und erblickte, etwa zweihundert Meter weiter, wirklich so etwas wie einen Schein, versteckt hinter Bäumen.

„Ich werde hingehen, die werden wahrscheinlich ein Telefon haben, dort kann ich jemanden, der uns holt, verständigen", sagte er und öffnete wieder die Tür.

„Alleine bleib ich hier sicher nicht sitzen, ich werde mitkommen." Während sie das sagte, stieg sie aus und warf hinter sich die Wagentüre zu. Eiligen Schrittes machten sich die beiden auf den Weg, um nach ein paar wenigen Minuten, an ein Tor zu kommen, versteckt hinter Bäumen, das verschlossen schien. Dahinter machten sie ein Haus mit zwei Stockwerken aus, dessen zahlreiche Türmchen in den dunklen Nachthimmel ragten. Zwischen Tor und Haus lag ein Kiesweg, gesäumt von Büschen und verwitterten Statuetten und linker Hand ein überblickbarer Teich, dessen Wasseroberfläche vom Wind, der mittlerweile stärker geworden war, aufgepeitscht wurde. Der Mann versuchte das Tor zu öffnen, während seine Begleitung nach einer Klingel suchte, die sie aber nicht fand; es gab keine. Das Tor schien sich nun aber zu bewegen, es sprang auf und schwenkte nach innen. Der Kies knirschte unter ihren schnellen Schritten und die Frau wandte ihren Blick von den unheimlichen und grausamen Gesichtern der Steinskulpturen ab.

„Wer stellt sich so etwas in den Garten?"

„Jemand, dem so etwas gefällt", war die knappe Antwort des Mannes. Beim Näherkommen erkannte er die Ornamente an der Front des Hauses, die ebenso angsteinflößend waren, wie die steinernen Begleiter die den Weg säumten. Im Erdgeschoß brannte hinter einigen Fenstern Licht. Es waren keine Schatten dahinter zu sehen, aber es gab eine Glocke an der er nun zog. Ein lautes, träges Läuten schien durch die alten Gemäuer zu schallen um dumpf im Freien Wiederhall zu finden. Niemand reagierte. Der Mann betätigte die Glocke abermals. Es verging einige Zeit bis ein unüberhörbares Schlurfen zu vernehmen war und umständlich ein Schlüssel herumgedreht wurde. Sofort öffnete sich die Tür. Dahinter, in seinem eigenen Schatten stehend, war ein Mann in Livree, streng nach hinten gekämmtes Haar bedeckte sein faltiges Haupt und zwei Augen, die einen zu durchbohren schienen, blickten ihnen entgegen.

„Was wollen sie hier?"

„Wir haben eine Panne, haben sie ein Telefon?"

„Wir haben hier kein Telefon. Was ist das überhaupt?"

„Sie haben hier kein Telefon? So etwas gibt es doch gar nicht."

„Da haben sie Recht, bei uns gibt es so etwas nicht."

„Aber wir müssen jemanden verständigen, jemanden der uns von hier abholt."

„Es tut mir leid aber ich muss jetzt wieder die Türe schließen, wir haben heute Abend eine Gesellschaft, ich bin deshalb beschäftigt."

„Eine Gesellschaft? Vielleicht können wir uns einen Wagen leihen? Wir bringen ihn wieder zurück, wie sollen wir sonst hier wegkommen?"

„Ich schlage vor, dass sie den Weg nehmen, den sie gerade hierher gegangen sind."

„Sie haben einen eigenartigen Humor, mein Lieber."

„Das mag sein."

„Lassen sie uns bitte hinein, vielleicht ist ja einer ihrer Gäste bereit, uns seinen Wagen kurz zu leihen. Wir fahren in die nächste Stadt und suchen eine Werkstätte."

„Ich verstehe nicht-„

„Wir suchen eine Werkstätte, damit den Wagen jemand holen kann. So können wir den geliehenen Wagen auch wieder zurück bringen. Lassen sie uns hinein und wir sprechen mit dem Hausherren"

Der Butler schien kurz zu überlegen. Dann öffnete er die Türe wieder weiter, trat zur Seite und ließ die beiden ein.

„Ich werde die Dame des Hauses holen, warten sie bitte hier", im Gehen wies er auf zwei Garderobenstühle, worauf sich der Mann und die Frau setzten.

„Die Dame des Hauses, nun gut, sie wird ein Herz haben und uns ihren Wagen ausleihen."

„Wenn sie einen hat."

„Ja, wenn sie einen hat. Aber hier draußen müssen sie ja einen haben, wie kommen sie sonst in die Stadt und erledigen ihre Einkäufe?"

„Weiß ich nicht, Telefon haben sie auch keines."

„Aber zumindest die Gäste müssen doch irgendwie hergekommen sein, gegangen werden sie ja wohl nicht sein, schon gar nicht bei diesem Wetter."

„Wohl nicht."

Das Vorzimmer des Hauses glich einer kleinen Halle, die anfangs mit Spiegeln und dann mit Bildern, die an einer tapezierten Wand hingen, dekoriert war. Die Garderobe selbst, dort wo Mäntel, Jacken und Hüte verstaut waren, musste sich wohl hinter einer der Tapetentüren befinden, die sich vor und hinter den beiden Stühlen befanden auf denen der Mann und die Frau jetzt saßen.

„Hat er sich verlaufen, wo bleibt er denn?"

„Er wird schon kommen, gedulde dich und sei froh, dass wir bei diesem Wetter zumindest nicht vor der Türe warten müssen."

„Das hätte ich diesem lebenden Leichnam aber schon zugetraut, dass er uns draußen stehen hätte lassen, wie einen Hund."

„Hast du seine Augen gesehen?"

„Ja, was ist ist ihnen?"

„Sie sahen so leer und unheimlich aus."

„Leer würde ich nicht sagen, es schien eher als würden sie einen durchbohren wollen."

„Wo bleibt er denn?"

„Hast du nicht gerade gesagt ich solle mich gedulden?"

„Ja, aber ich möchte eigentlich keine Minute hier verbringen, und wo ist diese Gesellschaft, ich höre gar nichts."

„Was erwartest du? Jubel, Trubel, Heiterkeit, in diesem Haus?"

„Ganz bestimmt nicht, aber es müsste doch zumindest etwas zu hören sein."

„Das sind bestimmt ebenso Tattergreise wie dieser Butler, die schon beim Aperitif eingeschlafen sind."

Der Butler schien zurück zu kommen. Durch die Stille des Hauses drangen nun seine schlurfenden und langsamen Schritte.

„Frau Gräfin bittet sie weiterzukommen."

„Danke."

Der Herr und die Frau erhoben sich von ihren Plätzen und folgten dem steinalten Diener. Er ging voraus, was zur Folge hatte, dass die beiden, ob der geringen Geschwindigkeit, sich immer wieder bremsen mussten. Am Ende der Eingangshalle bogen sie rechts ab und fanden sich wieder in einer Art Saal, der hell erleuchtet war, trotzdem aber keinen Glanz auszustrahlen schien. Die Wände waren mit dunklem Holz getäfelt, meterhohe Bilder hingen im Abstand von je zwei Metern an allen vier Wänden und die Darstellungen auf ihnen, strahlten eine unheimliche Aura aus. Es schien eine Ahnengalerie zu sein, überdimensionale Portraits längst vergangener Zeiten und Umstände blickten mit lebendig wirkenden Augen auf die Besucher. In der Mitte des Raumes stand eine Skulptur, welche jene den im Vorgarten des Hauses ähnelte; jedoch war sie aus poliertem Marmor und aufgrund ihres Platzes auch nicht verwittert. Ihr Haupt zierten zwei Hörner, das Gesicht selbst war eine hysterische Fratze und die Statur eine gedrungene Farce eines Körpers. „Wer stellt sich so etwas in sein Haus", dachte die Frau bei sich. Rund um diese Statue des Grauens befand sich ein runder Tisch, an dem kein Platz leer war. Alle zwölf Gedecke waren besetzt. Direkt gegenüber der schrecklichen Fratze der Statue saß eine ältere Dame in einem knöchellangen Seidenkleid, das trotz ihres Alters und der ausladenden Hüften, körperbetont und eng anliegend geschnitten war, sodass ihre üppigen Brüste buchstäblich aus dem tiefen Ausschnitt hervorblickten. Ihr Gesicht schien geschminkt, blutrote Lippen überdeckten die schmalen Lippen, orangestichige Wangen ließen die blasse Haut darunter verschwinden. Ihr schwarzes Haar war streng nach hinten gesteckt und an beiden Ohren hingen überdimensionale Ringe. Ihre langen, knochigen Finger legten eine Serviette auf den Tisch zurück und ihr Kopf wendete sich nun den Besuchern zu. Es musste eine Ahnengalerie sein. Das Antlitz dieser Dame schien direkt aus einem der Bilder gesprungen zu sein.

„Wir hörten es gäbe ein Problem."

Ganz im Gegenteil zu ihrem Äußeren schien die Stimme der alten Dame eine Vitalität zu besitzen, die nicht nur durch ihre Lautstärke zu begründen war.

„Ja, unser Wagen, er bewegt sich nicht mehr vom Fleck."

„Wo steht er denn?"

„Gleich links die Straße hinunter, keine fünf Minuten von hier."

„Gut, ich lasse ihn holen."

„Das ist glaube ich nicht notwendig, wir wollten eigentlich nur bitten telefonieren zu dürfen, doch ihr Butler sagte uns, dass es hier keinen Telefonapparat gebe."

„Kein Telefon, ja, wir haben früher auch keines gebraucht, warum sollten wir uns jetzt eines zulegen." Und zum immer noch anwesenden Butler gewandt: „Rados, lassen sie den Wagen holen."

„Wie ich schon gesagt habe, das ist nicht nötig, abgesehen davon bewegt er sich ja nicht vom Fleck. Wir wollen eigentlich nur bitten, ob wir uns einen Wagen leihen könnten, oder ob uns jemand in die nächste Stadt bringen kann, sodass wir dort eine Garage ausfindig machen können."

„Einen Wagen leihen?"

„Ja, einen Wagen leihen, wir bezahlen natürlich für Unannehmlichkeiten."

„Und was würden sie uns als Sicherheit hier lassen, ich glaube ich muss darauf bestehen."

„Eine Sicherheit? Ich weiß nicht, sie könnten unsere Pässe hierbehalten."

„Ihre Pässe, ich bin mir nicht sicher ob die als Pfand ausreichend sind."

„Aber was wollen sie dann?"

Die Frau hatte bisher nur zugehört. Die ganze Situation schien ihr unheimlich und grotesk zu sein. Die an der Decke hängenden Lüster hatten keine Glühbirnen, sie waren mit einer Unzahl an Kerzen bestückt, die den Raum erhellten.

„Sie könnten ihre Frau hier lassen."

„Meine Frau?"

„Ich nehme an es ist ihre Frau."

„Ja, natürlich ist sie meine Frau."

„Dann kann sie bei uns bleiben, ich lasse noch ein Gedeck bringen."

Niemand musste wissen, dass sie nicht seine Frau war. Dass seine Frau daheim war, bei den Kindern und der Meinung war, dass er geschäftlich unterwegs war, was teilweise auch stimmte. Es kam nur auf die Auslegung der Situation an. Diese hier mutete etwas seltsam an. Der Mann sah die Frau an. Dann sagte sie: „Was solls, bleibe ich eben hier, aber beeile dich."

„Nur wenn es dir wirklich nichts ausmacht."

„Was bleibt uns anderes übrig?"

„Gut, ich sehe, sie sind sich einig. Rados, bringen sie ein Gedeck."

Der Butler machte sich auf, wie er angewiesen worden war. Er kehrte mit einem Servierwagen zurück, auf dem Teller, Gläser, Besteck und Servietten lagen. Er fuhr damit an einen kleinen Beistelltisch, der sich neben dem Durchgang zu Halle befand. Dort begann er das Gedeck aufzulegen, sorgfältig und langsam. Als er damit fertig war, verneigte er sich und verließ den Raum, den Servierwagen schiebend, auf demselben Weg, den er gekommen war.

„Es tut mir leid, aber sie sehen, dass hier alle Plätze belegt sind, sie müssen sich mit diesem Ehrenplatz begnügen."

„Das geht schon, ich kann in der Vorhalle warten."

„Aber nein, wir wissen doch, wie man mit Gästen umgeht, ich kann sie ja nicht wie ein Dienstmädchen behandeln und in der Küche essen lassen."

„Ich habe eigentlich keinen Hunger."

„Setzen sie sich, meine Liebe."

In der Stimme der alten Dame lag nun etwas Bestimmendes, das keinen Widerspruch zu dulden schien. Der Mann sah seine Begleiterin an, holte sich somit ihr Einverständnis und sagte dann: „Wir werden versuchen woanders Hilfe zu finden, wir wollen sie nicht weiter belästigen, sie haben Gäste. Wir finden den Weg."

Mit diesen Worten drehten sich die beiden um und steuerten Richtung Eingangshalle.

„Bleiben sie!" Die Stimme der Alten hatte nun einen unüberhörbaren Befehlston angenommen. „Bleiben sie im Haus, wie wollen sie von hier denn wegkommen, bei diesem Wetter." Beim zweiten Satz war sie wieder zu ihren üblichen Tonfall zurückgekehrt, es war eine Einladung, wenn auch eine recht bestimmende.

Der Mann und die Frau ließen sich davon nicht beirren, sie hatten mittlerweile die Vorhalle erreicht und steuerten nun zielstrebig auf die Eingangstür zu. Ein Glück, dass sie ihre Überkleider nicht abgegeben hatten. Hinter sich hörten sie jetzt Gemurmel, Stühle wurden verrückt, die vorhin noch vermisste Geräuschkulisse einer Gesellschaft. Dann schallten die Worte der alten wieder durch die Halle, diesmal in einem schroffen Befehlston: „Sie bleiben!"

Der Mann drehte sich kurz um, sah, dass die Alte mittlerweile den Durchgang zur Halle hinter sich gebracht hatte und nun am anderen Ende der selbigen stand. Ihre ausladenden Formen und die Schuhe mit den hohen Absätzen, ließen sie nun noch grotesker wirken, als es ihr Gesicht schon getan hatte und der Blick, den sie den beiden zuwarf, hatte etwas Diabolisches an sich.

„Danke für ihre Gastfreundschaft, aber wir gehen." Mit diesen Worten griff der Mann an den Türknauf und zuckte umgehend davon zurück. Hatte er sich daran elektrisiert oder schien die metallene Schnalle wirklich zu glühen. Er versuchte nochmals hinzugreifen, hielt das Ding fest in seiner Hand, und als ob er einen starken Schmerz verspüren würde, versuchte mit verzerrten Zügen die Tür aufzuziehen. Sie bewegte sich keinen Millimeter. Die Frau stand wie versteinert neben ihm. Dass in diesem Haus etwas nicht stimmte, war ihr vorhin schon klar gewesen, sie hatte es aber immer auf die eigenartige Gesellschaft, das groteske Erscheinungsbild der Alten und des Butlers, sowie das antiquierte Interieur des Hauses zurückgeführt. Jetzt war es Gewissheit. Was hier vor sich ging, musste einen noch unheimlicheren Hintergrund haben. Sie drehte sich um und musste feststellen, dass mittlerweile alle zwölf Personen sich hinter ihnen befanden, die Alte mit etwas Abstand, als deren Anführerin.

„Mach sie es sich doch nicht so schwer. Bleiben sie noch."

„Sie lassen uns jetzt umgehend wieder gehen."

„Nein, wir haben so lange auf sie gewartet, da können wir sie jetzt nicht gehen lassen."

„Was meinen sie damit, sie hätten so lange auf uns gewartet?"

„Es bedeutet genau das, was ich gesagt habe."

Wo war der Butler? Er sollte aufschließen und sie weglassen.

„Sie machen sich strafbar, das grenzt an Freiheitsberaubung, das ist Nötigung."

„Wenn sie es sagen, sie sind doch Anwalt, sie kennen sich in solchen Belangen wohl besser aus als ich. Kommen sie in den Saal zurück, es schickt sich nicht, in der Eingangshalle Konversation zu führen."

„Nein, wir kommen nicht zurück, wir gehen jetzt. Guten Abend noch."

Die Tür ließ sich nicht öffnen und von der Schnalle schien immer noch eine extrem hohe Hitze auszugehen. Wenn es durch die Tür kein Entkommen gab, dann blieb ihnen nichts anderes übrig, als ein Fenster einzuschlagen um auf diesen Weg das Haus zu verlassen. Das Geräusch eines laufenden Motors schien näher zu kommen, der Kies in der Einfahrt knirschte, das Geräusch wurde lauter, nur um kurz darauf zu verstummen. Man vernahm Schritte, die Tür wurde geöffnet und der alte Butler trat ein, nur um sie hinter sich wieder zu schließen. In dem kurzen Moment warf die Frau einen Blick ins Freie und sah, zwischen den unheimlichen Statuen im Vorgarten, ihren Wagen stehen. Wie versteinert hatte der Mann dagestanden als der Butler eingetreten war, ohne Probleme den Türknauf berührt, und flink hinter sich die Eingangstüre geschlossen hatte. Die Alte stand nun keinen Meter entfernt, die restlichen elf hatten einen Halbkreis gebildet, sodass hinter dem Mann und der Frau jeweils zwei ältere Männer standen. Die drei weiteren Frauen, ebenso grotesk gekleidet und geschminkt wie die Alte, musterten sie mit stechenden Blicken, vor allem die Frau, und es kam ihr vor, als Spüre sie diese Blicke wie tatsächliche Berührungen auf ihrer Haut. Den stählernen Griffen konnten sie nichts entgegen setzen. Die hinter ihnen Stehenden hatte sie gepackt und versuchten sie nun Richtung Saal zu drängen. Sie hatten unheimliche Kräfte, denn der Mann konnte sich keinen Millimeter gegen den Willen seines Bewachers bewegen. Der hell erleuchtete Saal versuchte nun nicht mehr seine unheimliche Atmosphäre zu verbergen. Es wurden zwei Stühle gebracht und die beiden Gefangenen, zu denen der Mann und die Frau mittlerweile geworden waren, wurden mit sanfter Gewalt auf ihnen positioniert. Kurz darauf waren ihre Arme und Beine gefesselt, die Gesellschaft hatte wieder an dem runden Tisch, der unterwürfig um die Fratzenstatue stand, Platz genommen und die Alte begann mit lauter Stimme zu sprechen: „Wir haben lange Zeit auf sie gewartet. Wir wussten nie genau, wann sie erscheinen würden, dass sie kommen würden, das war sicher."

„Was wollen sie von uns?"

„Dazu später."

„Aber wir haben nichts."

„Seien sie doch nicht so bescheiden, sie haben mehr als sie glauben. Rados, bereiten sie bitte alles vor."

„Sehr wohl."

Der Butler verließ den Raum. Die übrige Gesellschaft widmete sich nun ihren Gedecken, die Gläser wurden erhoben und ein Chor der Stimmen setzte ein, der nicht von dieser Welt zu sein schien. Der Raum schien unter diesen Schwingungen zu zittern und es machte den Eindruck, dass die Bilder an der Wand einen lebendigen Ton zu bekommen schienen. Die Flammen der unzähligen Kerzen flackerten, und da fiel es der Frau auf, dass sie allesamt schwarz waren. Das Eigenartige an dieser Runde, die nun trank und aß, war, dass sie allesamt schon in einem fortgeschrittenen Alter sein mussten, jedoch aber keinerlei Anzeichen von Altersschwäche oder gar Gebrechlichkeit zeigten. Sie schienen vital, als stünden sie in der Blüte ihrer Jugend. Ein weiterer grotesker Umstand war, dass sie alle fraßen als seien sie Tiere. Sie stopften ihre Münder voll, leerten Wein nach, wobei ihnen die Hälfte des Essens dabei wieder aus den Mündern fiel. Manchen lief der Wein übers Kinn, tropfte auf die Tischdecke, das Blut aus den offensichtlich rohen Steaks spritze auf die weißen Hemden der Männer und selbst die Damen fügten sich in diese Runde ohne aufzufallen ein. Es war als hätte man ein Rudel ausgehungerter Wölfe geladen, denn auch die Geräusche, welche die Gesellschaft bei der Einnahme ihres Males von sich gab, ähnelten eher jenen von Tieren als von Menschen. Immer wieder sah einer auf, warf einen lustvollen Blick auf die beiden Gefesselten, nur um gleich darauf wieder weiter zu fressen. Voller Abscheu wandte sich die Frau von der Ekel erregenden Szenerie ab und blickte zuerst zu ihrem Begleiter und dann zu Boden. Sie hätte daheim bleiben sollen. Es war ohnehin schwierig genug gewesen diesen Abend ihrem Mann als Notwendigkeit beizubringen. Er schöpfte wohl seit einiger Zeit Verdacht. Dabei war er selbst kein Heiliger. All diese Gedanken gingen ihr jetzt durch den Kopf und sie wünschte sich, die Stelle vor zwei Jahren gar nicht erst angetreten zu haben. Aber es war zu verlockend gewesen, vor allem, nachdem sie ihren zukünftigen Chef kennengelernt hatte. War das die Strafe für ihre Untreue? Sie war kurz davor einen Nervenzusammenbruch zu erleiden, ihr ganzes Leben schien ihr plötzlich sinnlos. Da erhob sich die Alte, die hier den Vorsitz zu führen schien, wischte sich über ihr verschmiertes

Maul, hob das Glas, warf einen Blick durch die Runde, der bei den beiden Gefesselten endete und sagte: „Wir beginnen!" Daraufhin wurden die Gläser in einem Zug geleert, zu Boden geworfen und auch die letzten erhoben sich von den Stühlen. Dann traten alle von ihren Plätzen zurück und verschwanden hinter einer niedrigen Tapetentüre.

„Was geht hier vor?"

„Woher soll ich das wissen?"

„Wie sollen wir hier wieder weg?"

„Ich weiß es nicht, aber sie werden uns wohl losbinden müssen. Was immer sie auch mit uns anstellen wollen, wir müssen die erstbeste Gelegenheit nützen, um von hier zu verschwinden."

„Aber wie, diese Kreaturen scheinen über nichtmenschliche Kräfte zu verfügen."

„Bitte, jetzt schnapp nicht über."

„Aber du siehst doch wie alt sie alle sind, sie haben uns festgehalten, als wären wir in Ketten gelegt."

„Ich weiß, aber es gibt immer einen Ausweg."

„Ich will hier weg.

„Glaubst du ich möchte bleiben."

„Wäre ich doch daheim geblieben."

Da betrat der Butler den Raum, hob den Stuhl der Frau hoch und machte sich zur offenen Tapetentüre auf. Ohne sichtbare Anstrengung, trug er seine Fracht zu ihrem Ziel.

„Lassen sie mich sofort runter."

Er hörte nicht, oder schien nicht zu hören und ließ sich auch nicht, durch das mittlerweile hysterische Geschrei, von seiner Arbeit abbringen. Kurz nachdem er durch die Türöffnung getreten war, kam er wieder zurück und vollführte das gleiche mit dem Mann. Als sie wieder vereint waren, bemerkte der Mann, dass die Frau mittlerweile in Ohnmacht gefallen sein musste. Ihr Kopf war auf die Brust gesunken du als er sie Ansprach, reagierte sie nicht.

Es hatte den Anschein, als würden sie sich in einem Gemäuer befinden. Kein modriges, feuchtes oder kaltes Gemäuer wie man es in einem solchen Haus wohl erwarten würde. Es war warm, an den Wänden hingen Fackeln die loderten, überall waren Kerzen und der Tisch, auf dem beide festgeschnallt waren, hatte einen Überzug aus blutrotem Samt. Rados hatte sie gegengleich darauf festgezurrt, der Kopf des Mannes lag bei den Füßen der Frau und umgekehrt. An Kleidung hatte man ihnen keine Faser Stoff mehr am Leib gelassen. Merkwürdige Zeichen befanden sich auf ihrer Haut. Es war unheimlich still und die beiden waren alleine. Die Frau schien sich wieder erholt zu haben, sah sich um soweit sie konnte und brach die Stille: „Was werden sie mit uns tun?"

„Ich weiß es nicht."

„Bring uns hier weg."

„Wie soll ich das tun, nimm dich zusammen, du neigst zur Hysterie."

„Ich neige zur Hysterie, du bist doch verrückt. Ich liege nackt in einem fremden Keller und jede Sekunde können diese Wahnsinnigen bei der Tür hereinspazieren. Wie kannst du nur so ruhig da liegen?"

„Ja, doch es hilft uns nichts, wenn du jetzt durchdrehst."

„Werden sie uns töten?"

„Schon möglich."

„Und das sagst du so einfach?"

„Hör einfach auf."

Wie sie es vorausgesagt hatte, öffnete sich die Türe und die zwölf Männer und Frauen traten ein. Die Alte kam zuletzt. Hinter ihr fiel die Tür zu, wie von Geisterhand bewegt. Rados musste sie von außen geschlossen haben. Die Menge versammelte sich rund um den Tisch auf dem die beiden Gefangenen lagen. Die Alte, die den Vorsitz dieser unheimlichen Vereinigung zu haben schien, trug nun einen bodenlangen, roten Umhang der ihre Brüste freigab. Die übrigen der Gemeinschaft trugen ebenfalls bodenlange Kutten, die sich lediglich dadurch unterschieden, dass sie nicht aus rotem, sondern schwarzem Stoff waren. Die Brust lag bei allen frei, egal ob Mann oder Frau, und die Körper, der offensichtlich schon stark gealterten Verschwörer, machten in diesen Gewändern den Anschein, dass sie alle nicht älter als ungefähr dreißig Jahre sein konnten. Auf ihren Körpern hatten sie ebensolche Zeichen und Zahlen wie die beiden Gefangenen. Es herrschte absolute Stille. Alle zwölf Augenpaare waren auf den Tisch gerichtet. Die gefesselte Frau versuchte den starren Blicken auszuweichen, doch egal wohin sie blickte, sie sah immer ein Paar dieser ausdrucksleeren Pupillen die, wenn sie länger in sie blickte, zu glühen schienen. Dann hob die Alte ihre Hände. Die Köpfe der elf anderen wendeten sich ihr zu und in grauenvoller Erwartung schien die Zeit still zu stehen. Dann erhob sie ihre Stimme: „ Es ist Zeit. Die Nacht ist gekommen, in der wir der Vollendung zuschreiten. Nichts kann und wird uns jetzt noch aufhalten. Nimm meinen Platz ein, damit ich das Dutzend voll machen kann."

Jetzt legte die Alte ihre Kutte ab, stand nackt vor dem samtbezogenen Tisch, der offensichtlich als Altar diente, und ihr Körper schien in keinster Art und Weise zu ihrem Gesicht zu passen. Die faltige Fratze schien aus einer längst vergangenen Zeit zu stammen, als hätte sie Jahrhunderte überdauert, wobei ihr Körper, dem eines jungen Mädchens glich. Dann holte sie eine schwarze Kutte, streifte sie über um darauf hin einige Schritte zur Wand zu tun, um sich dort einen Dolch zu greifen, der in einer goldenen Scheide an der Wand hing. Den Dolch, in dessen Klinge sich das Licht der Fackeln jetzt spiegelte, hielt sie fest in ihrer rechten Hand, während sie dem Mann die Fesseln durchtrennte. Er richtete sich auf, blickte ihr in die Augen, strich mit seinen Händen über ihre Brüste und küsste sie auf den Mund. Dann stieg er vom Tisch herab, ließ sich die Kutte überstreifen und nahm den Dolch selbst an sich. Mit entsetztem Blick sah ihn die gefesselte Frau an. Ein sachtes Lächeln huschte über seine Lippen, doch seine Augen hatten denselben Blick wie jener der zwölf anderen.

„Und du tust dir das wirklich an?"

„Na klar, warum nicht?"

„Weil es eine weite Reise ist und das alles nur wegen eines Grabes."

„Du verstehst das nicht, es ist sein Grab."

„Jaja, Debussy, ich weiß."

„Eben, also lass mich ruhig."

„Ich lass dich eh, aber ganz alleine, ist das nicht ein wenig gefährlich?"

„Ach was, da waren wir schon an gefährlicheren Flecken der Erde unterwegs, allein wenn ich da an Nicaragua denke."

„Ja, aber wir waren nicht alleine."

„Ach bitte lass das, Paris ist eine zivilisierte Stadt mitten in Europa."

„Und all die Anschläge?"

„Die können dich überall erwischen."

„Na wenn du meinst."

„Ja, meine ich, mach dir keine Sorgen, wir sehen uns in zwei Wochen wieder."

„Komm wohlbehalten zurück!"

„Mach ich."

„Und lach dir keinen Franzosen an, sonst kommst du gar nicht mehr."

„Ich wird mich bemühen."

„Und frohe Ostern schon mal!

„Ja, das auch. Danke."

Clara Hochstetter ließ ihre Studienkollegin Jasmin Moser am Eingang der Universität für Musik und darstellende Kunst stehen und machte sich schnellen Schrittes auf zur nächsten U-Bahnstation. Sie hatte noch einige Vorbereitungen zu treffen, bevor sie sich für ein letztes Mal vor ihrem Abflug ans Klavier setzen würde und selbst Unterricht gab. Sie besserte sich damit ihre kargen Finanzen auf und vermied dadurch, einem unbefriedigenden und frustrierenden Studentenjob nachzugehen. Seit drei Jahren studierte sie in Wien Klavier und Komposition, hatte ein Faible für die Komponisten des Impressionismus und ganz im Speziellen für Claude Debussy. Sie konnte es nicht genau erklären wenn man sie nach dem Warum fragte, ihre Antwort war dann immer die gleiche, hört euch das doch mal an. Nun, sie war keine Missionarin und wollte anderen auch nicht auf die Nerven fallen, aber wenn sie schon danach fragten? Die junge Studentin war umgehend nach ihrer Matura von Telfs nach Wien gezogen, ein Bekannter ihres Vaters hatte ihr eine kleine und vor allem leistbare Wohnung vermittelt, und nein, er hatte keinerlei Gegengeschäfte von der jungen Frau erwartet, inskribiert und im Herbst desselben Jahres ein gewissenhaftes und strebsames Studium begonnen. Nach einiger Zeit hatte sie die Idee Klavierunterricht zu geben und so hing sie an diversen schwarten Brettern ihre selbst kopierten Zettel auf, bei denen man sich bekanntlich die Telefonnummer abreißen konnte. In ihrem Fall war es eine Emailadresse gewesen, man konnte nie wissen. Seitdem gab sie regelmäßig Stunden und ihre Schüler, sowie deren Eltern, waren mit ihrer Leistung zufrieden. Und das war es auch schon alles, was über sie zu berichten gab. Sie hatte keinen Freund, ging nicht übermäßig oft fort, trank bei diesen Gelegenheiten äußerst selten Alkohol und ging danach immer alleine nach Hause. Das Studentenleben, wie man es aus Filmen kannte und wie es selten wirklich war, existierte für sie nicht einmal im Gedanken. Die drehten sich bei ihr um Musik, ihre Bücher und die langen Nachmittage, die sie in Museen verbrachte. Nicht, dass sie am anderen Geschlecht nicht interessiert gewesen wäre, es hatte sich bisher keine Gelegenheit, zumindest für sie, ergeben. Ja, andere warteten gar nicht auf solche Gelegenheiten, doch das war etwas, das sie nicht verstand. Nun, in den nächsten Tagen würde sie mit solchen Gedanken nicht konfrontiert sein, sie würde morgen Früh das Flugzeug besteigen und keine zwei Stunden später in Paris-Orly landen. Das Zimmer, das sie übers Internet gebucht hatte, würde auf sie warten und sie würde den Rest des Tages mit Spaziergängen durch die engen Pariser Gasser und den breiten Boulevards verbringen. Jetzt aber war sie noch in Wien und dabei ihre Wohnungstüre aufzuschließen. Post war keine im Fach gewesen, die üblichen Prospekte hatte sie umgehend im Altpapier gelassen und war, ihre Umhängetasche an der Seite baumelnd, die wenigen Stufen zum Mezzanin hinaufgestiegen. Sie würde jetzt noch etwas mehr als eine Stunde haben um sich eine Kleinigkeit zu Essen zuzubereiten, etwas zu trinken um dann, etwa fünf Minuten von ihr entfernt, drei Gassen weiter, einem zwölfjährigen Buben die achtundachtzig Tasten des Klaviers näher bringen.

Es war sechs Uhr dreißig und Zeit für sie aufzustehen. Der Wecker hatte sie unsanft aus dem ohnehin unruhigen Schlaf gerissen. Eine letzte Morgenroutine, ein letzter Tee, eine kurze Überlegung ob sie nichts vergessen hatte, dann schnappte sie sich ihren Koffer und ihre Umhängetasche und verließ die kleine Wohnung Richtung U-Bahn. Normalerweise war sie um diese Zeit noch nicht auf der Straße, sie konnte, zumindest meistens ausschlafen und sich langsam in den Tag gleiten lassen. Heute war das anders. Eiligen Schrittes bahnte sie sich ihren Weg auf dem belebten Bahnsteig zu einer offen Waggontüre, brachte die Stationen ungeduldig hinter sich um dann, am Bahnhof Wien-Mitte, die Direktverbindung zum Flughafen zu erreichen. Dort angekommen ließ sie das Procedere des Eincheckens über sich ergehen, wartete bis sie endlich an Board durfte und ließ sich dann, etwas entspannter in ihrem Sitz nieder. Bis zum Start beobachtete sie die anderen Passagiere, nahm zur Kenntnis, dass die Reihen ausnahmslos besetzt waren und versuchte dann, als sie endlich in der Luft waren, ein wenig zu lesen. Debussy würde seinen einhundertsten Todestag haben, just wenn sie dem kleinen Friedhof hinter dem Eiffelturm einen Besuch abstatten würde. Sie hatte diese Reise nicht mit diesem Wissen bewusst geplant. Sie wollte einmal dorthin, nach Paris und so verband sie beide Ideen und buchte Zimmer und Flug für März, eben dem Todesmonat von Claude Debussy. Debussy hatte die letzten Jahre vor seinem Tod an Darmkrebs gelitten, der auch nach einer Operation, die ihn zum Invaliden gemacht hatte, nicht gestoppt werden konnte. Sein Leben selbst, abgesehen von seiner künstlerischen Tätigkeit, war geprägt von Affären, Dramen privater Natur und Jobs, die er annahm um sich durchzuschlagen, bevor der große Erfolg eintraf. Ein Künstlerleben im weitesten Sinne, fast schon ein Klischee.

Clara Hochstetter war über ihrem Buch eingeschlafen. Die links von ihr sitzende Dame stieß sie sachte an, um ihr mittzuteilen, dass sie in Kürze landen würden. Schlaftrunken öffnete Clara die Augen, sah sich um und klappte das Buch zu. Kurz nach der Landung befand sie sich, mit den anderen Passagieren wartend, in einer mittelgroßen Halle vor einem Förderband auf dem Gepäckstücke vorbeiglitten. Sie sah ihren roten Koffer und hob ihn, als er auf ihrer Höhe war, umständlich vom Band. Angekommen! Sie schritt durch die Eingangshalle und hielt nach einem der Busse Ausschau, der sie nach Paris bringen sollte. Jetzt erst dachte sie an ihr Handy. Sie hatte ihrer Mutter versprochen sich zu melden, wenn sie sicher in Paris gelandet war. Sie holte es aus ihrer Tasche und schaltete es ein. Der Bildschirm wurde hell und forderte sie kurz darauf auf, ihren persönlichen Identifikationscode einzugeben. Danach kam die übliche Netzsuche, das SMS, dass sie nun in einem neuen Netz eingeloggt wäre und die Gebühren sich folgendermaßen verhalten würden. Sie las es nicht, sondern wählte die Kurzwahltaste vier unter welcher sie die Nummer ihrer Mutter gespeichert hatte. Nach kurzem Läuten meldetet sich Michaela Hofstätter mit den Worten: „Und, bist du schon in Paris?"

„Ja, Mama, alles bestens."

„Und das Wetter?"

„Naja, ein paar Wolken, aber sonst ok."

„Na fein. Und was machst du jetzt?"

„Ich wird jetzt erst mal nach Paris hineinfahren und mir mein Hotel suchen."

„Gute Idee, hast du schon etwas gegessen?"

Hatte sie nicht. Zum Frühstücken war sie zu aufgeregt gewesen, aber sie hätte ohnehin nichts daheim gehabt. Am Flughafen selbst war sie damit beschäftigt gewesen ins Flugzeug zu kommen und dort hatte sie die angebotenen Snacks, die ohnehin nur aus einer Kleinstpackung gesalzener Nüsse oder Salzstangen bestanden hatten, abgelehnt. Clara beendete das Gespräch und ging zu den Bussen weiter. Es herrschte geschäftiges Treiben, so wie in Wien, jedoch war das Ausmaß hier um einiges größer. Menschen kamen an und Menschen reisten ab, teilten sich auf die vielen Haltestellen der diversen Linien auf oder strömten aus den ankommenden Bussen eiligen Schrittes der Eingangshalle entgegen um gleich darauf hinter den großen Glastüren wieder zu verschwinden. So hatte sie es sich vorgestellt. Wien war zwar auch eine Weltstadt, die Menschenmassen konnten an manchen Tagen auch unerträglich sein, doch im Vergleich zu hier, schien ihr der Platz an dem sie lebte fast provinziell. Es war jetzt knapp vor dreizehn Uhr und ihre Linie würde sich in wenigen Minuten auf den Weg in die Innenstadt machen. Clara verstaute ihren Koffer zwischen zwei Sitzreihen und ließ sich dann, schräg gegenüber davon, um ihr Gepäckstück im Auge behalten zu können, nieder. Während der Fahrt blickte sie immer wieder aus dem Fenster. Die Vorstädte von Paris, die Banlieues rauschten an ihr vorbei und sie sah sich ihrem Ziel immer näher kommen.

Ihr Hotel lag am Rande des 9e Arrondissement mit Blick auf Montmartre, der sich mit der Basilika von Sacré-Cœur als höchster Hügel der Stadt über Paris erhob. Ihren Koffer hatte sie zwar geöffnet, war sich aber nicht sicher, ob sie sofort ihre Kleidungsstücke in den Schrank räumen, oder erst einmal einen kleinen Spaziergang durch die nähere Umgebung unternehmen sollte. Zur Sicherheit nahm sie ihr Necessaire heraus und brachte es in das kleine aber saubere Badezimmer, um es auf die Ablage vor dem Spiegel zu stellen. Zumindest hatte sie etwas getan um sich einzurichten. Dann öffnete sie das Fenster und warf einen Blick auf die Kirche, die selbst an diesem Tag in leuchtendem Weiß erstrahlte. Damit würde sie beginnen. Eine kleine Runde, erst einmal nach etwas Essbarem Ausschau halten und dann, nachdem sie ihr gefülltes Baguette und den Automatenkaffee der kleinen Boulangerie zu sich genommen hatte, die steilen Gassen hinaufsteigen. Eine bessere Aussicht über Paris hatte man natürlich vom Eiffelturm aus, hier war sie aber menschlicher. Man war zwar über der Stadt aber immer noch fest am Boden. Sie fühlte sich so sicherer und vor allem näher dem Ort, an dem sie sein wollte, zumindest für diese eine Woche. Sollte sie aber nicht zu zweit dort oben stehen? War Paris nicht die Stadt der Liebe und verbrachten nicht unzählige, frisch verheiratete Pärchen ihre Flitterwochen eben gerade dort? Kurz hatte sie solch einen Gedanken, verdrängte oder aber auch vergaß ihn umgehend, um sich wieder auf diese Stadt, wie sie jetzt vor ihr lag, mit etwas Abstand, so friedlich und laut zugleich, zu konzentrieren. Nachdem Debussy seinen Aufenthalt in der Villa Medici abgebrochen hatte, in der er vier Jahre lang sich seiner Arbeit auf Staatskosten widmen hätte sollen, zog es ihn nach Paris wo er Liszt und Verdi traf. So wie Clara, hatte er in jungen Jahren Klavierunterricht gegeben und jetzt verglich sie sich ein wenig mit ihm, oder zumindest keimte in ihr die Hoffnung auf, dass auch sie einmal eine zumindest halbwegs erfolgreiche Komponistin sein würde. An sein Werk käme sie unter keinen Umständen heran, was sie auch gar nicht versuchte; so viel Realismus steckte in ihr. Sie hatte einige Gehversuche unternommen, komponierte in stillen Momenten, wobei sie noch niemanden davon erzählt hatte, dass in einigen Laden ihrer Wohnung, von ihr beschriebene Notenblätter lagen und nur darauf warteten ans Tageslicht geholt zu werden. Oder schrieb sie gar für die langen und oftmals einsamen Nächte? Es würde die Zeit kommen, zu der sie ihre Etüden für das Klavier hervorholen und sie zumindest ihren engsten Freunden vorspielen würde. Jetzt aber war es noch nicht so weit.

Clara Hochstetter zog den Zip ihrer Jacke zu. Das lange Stehen an diesem wolkigen Frühlingstag hatte sie mittlerweile etwas frösteln lassen und sie entschloss sich dazu, den Abstieg anzutreten. Sie nahm sich vor, zumindest noch ein weiteres Mal während ihres Aufenthalts hierher zu kommen, um die Stadt von oben zu betrachten; mit etwas Hoffnung war dann auch das Wetter ein wenig frühlingshafter. Als sie den Weg, den sie auch schon beim Herkommen gewählt hatte, nun in die entgegengesetzte Richtung beschritt, war es ihr, als ob sie Debussys Klavierspiel hören konnte. Ganz leicht vernahm sie eine musikalische Untermalung, die sie zwischen jedem ihrer Schritte deutlich hören konnte. Musik ist die Stille zwischen den Noten, erinnerte sie sich an einen Ausspruch Debussys. Hier war Musik zwischen den Schritten. Ihre Sinne mussten ihr einen Streich spielen. Sie hatte sich wohl zu sehr auf die Musik und die Stadt konzentriert, sodass ihr Gehirn diese, ihre Gedanken, in genau das umwandelte was sie waren: Musik. Musik, die sie dachte, die sie hörte auch wenn sie gar nicht da war. Es war die Träumerin in ihr, die solche Momente der Einheit mit dem Kosmos als Bestätigung sah, ihrer Berufung, oder zumindest glaubte sie, dass es ihre Berufung sei, zu folgen. Jetzt folgte sie den Stufen abwärts, hinunter ins Getümmel der Großstadt, dem Lärm entgegen, der sie mit offenen Armen empfang und jede Musik, sei sie nun wirklich oder bloß eine Illusion, zum Verstummen brachte. Clara kehrte in ihr Hotel zurück und begann ihre Kleidung fein säuberlich in den engen, für sie aber ausreichend großen Schrank zu räumen. Dann stellte sie den Koffer in ein Eck, warf noch einen schnellen Blick zurück in ihr Zimmer, um es kurz darauf zu verlassen. Sie hatte jetzt Lust auf die Stadt. Halb sechs war die Richtige Zeit für sie um einen Streifzug durch die nähere Umgebung zu machen. Das Nachtleben, das sie nicht interessierte, hatte noch nicht begonnen und der Tag selbst war noch nicht vorbei. Zwei Gassen weiter befand sich eine Metrostation. Clara Hochstetter holte den kleinen Faltplan hervor und entschloss sich, die Linie 2 Richtung Porte Dauphine zu nehmen. Sie würde drei oder vier Stationen weit fahren und dann gemächlich und keinesfalls direkt, die Richtung zu ihrem Hotel einschlagen. Beim Place de Clichy stieg sie aus und erinnerte sich an ihren Bruder, der, als er kurz vor der Matura gestanden war, nichts anderes als Miller gelesen hatte. Sie sah sich nach der Beschilderung in der Station um und wählte dann einen der vielen Ausgänge, von dem sie aber ohnehin nicht recht wusste, wo genau er sie ans Tageslicht bringen würde.

Das abendliche Treiben hatte nun vollends eingesetzt, Touristen und möglicherweise auch Einheimische bevölkerten die Straßen. Clara Hofstetter ließ sich von den Massen treiben, blickte in die Auslagen der Lokale und Geschäfte, und musste so feststellen, dass sie in einem Teil von Paris war, der sie nicht sonderlich interessierte. Zwischen Sexshops und Pornokinos gab es schummrige Kneipen, mit Plüsch ausgestattete Bars und ortstypische Etablissements. Was aber den Unterschied zu einem nächtlichen Gürtelspaziergang ausmachte war, dass es hier nicht schmuddelig oder versifft war, es hatte alles einen gewissen Stil. Trotz allem versuchte sie dem zu entkommen. Sie bog südlich in weniger frequentiertes Gebiet ab und fand sich, zu ihrer Überraschung, umgeben von Geschäften, die ausschließlich musikalisches Gerät sowie Notenblätter und all das was noch dazugehören mochte, führten. Südlich vom Place de Clichy befand sich eine

Ansammlung von Musikalienhandlungen von der sie gehört, es zwischenzeitlich aber wieder vergessen hatte, sonst wären diese paar Gassen wohl ganz oben auf ihrer Liste der Plätze, die sie besuchen wollte, gestanden. Sie betrat ein kleines Geschäft, das ausschließlich Notenblätter und Notenbücher führte, schritt die Regale ab, nahm das einer oder andere Buch in die Hand und blätterte es durch. Sie war nicht zum Einkaufen gekommen, doch war es nicht so, dass alleine die Anwesenheit in solchen Räumen nicht mit Geld aufzuwiegen war. Sie verließ den Laden und überquerte die Straße, um ein Geschäft zu betreten, das Instrumente und vor allem Klaviere führte. Sie war überwältigt ob der schönen Stücke und begann ein wenig zu Träumen, welches davon einmal in ihrem Besitz sein würde. Wohl keines. War es nicht so, dass jene die Musik wirklich lebten, die eins waren mit den Melodien, den Tönen, dass gerade jene die es wohl verdient hatten auf solchen Instrumenten spielen zu dürfen, dass gerade sie sich, mit billigen oder alten Instrumenten begnügen mussten. Die teuren und schönen oder aber auch geschichtsträchtigen Flügel standen in den großen Häusern, in den Villen der Banker, der Fondsmanager und verstaubten dort, wurden nicht gespielt und verloren so, langsam aber sicher, ihre Seele. Nun, das war der Lauf der Welt, es war noch nie anders gewesen und auch sie war es nicht, die das ändern könnte. Wieder auf der Straße überkam sie ein leichtes Hungergefühl und sie sah sich um, ob es hier ein kleines Bistro gab, ein kleines Gassenlokal, das sie sich auch leisten konnte. Paris war teuer und vor allem die Touristengegenden mehr als das. Sie fand eines das ihr sogleich zusagte, war aber so aufmerksam, bevor sie es betrat, erst einmal die Karte neben dem Eingang zu studieren. Es gab drei Kategorien an Preisen, eine würde wegfallen, denn derzeit waren noch keine Tische vor dem Lokal aufgestellt. Tische oder Bar im Inneren des Bistros lagen dennoch über ihren finanziellen Möglichkeiten. Sie würde sich einen Supermarkt suchen und dort etwas für den Abend besorgen. Natürlich würde sie auch ein Lokal in Paris aufsuchen, es musste eben nur nicht am ersten Abend sein. Sie war nicht knausrig, aber sie musste sich ihr Budget einteilen, schließlich wollte sie ja eine Woche hier bleiben und es sollte nicht schon nach der Hälfte der Zeit so sein, dass ihr das Geld ausging. Sie orientierte sich kurz und schlug den Weg zum Boulevard de Rochechouart ein, dort wo auch ihr Hotel lag. Auf dem Weg dorthin würde es sicherlich den einen oder anderen Supermarkt geben, und geöffnet hatten sie hier ohnehin bis zweiundzwanzig Uhr.

Mit einer Einkaufstasche in der Hand schloss sie ihre Zimmertür auf, legte die Einkäufe auf den kleinen Tisch und zog sich danach die Schuhe aus. Gegen den Heißhunger hatte sie noch am Weg einen Schokoriegel hinuntergeschlungen, jetzt wollte sie Baguette mit Käse zu sich nehmen. Sie hatte sich zwei Flaschen Mineralwasser gekauft, eine kleine und eine große. Die kleine würde sie in den kommenden Tagen dafür nutzen, sie immer bei sich zu tragen, um ausreichend mit Wasser versorgt zu sein. Kam es ihr nur so vor oder schmeckte das traditionelle Weißbrot hier wirklich besser als daheim. Vielleicht lag es aber auch nur daran, dass sie wirklich Hunger hatte. Daheim aß sie so spät eigentlich nie. Sie brach große Stücke ab, steckte sie in den Mund, kaute, dann wieder ein Stück Käse, der mittlerweile, da schon einige Zeit nicht mehr im Kühlregal, die richtige Temperatur bekommen hatte. Wahrscheinlich war die Geschmacksexplosion des kargen

Mahls, die sie sich zumindest einbildete, ein Ergebnis ihres Hungergefühls, sowie der ungewohnten Umgebung. Im Urlaub schmeckte doch grundsätzlich alles anders. Kochte man es daheim dann nach, und sei es die einfachste Speise welche man in der hauseigenen Küche je zubereitet hatte, schmeckte sie nicht annähernd so verführerisch wie eben dort, wo man seine wohlverdiente Auszeit verbracht hatte.

Clara Hochstetter verstaute den Rest der Lebensmittel wieder in deren Verpackung, legte sie fein säuberlich zur Seite und versuchte mit der Hand die Brösel vom Tisch zu wischen. Dann ging sie wieder zum Fenster und blickte zur Basilika von Sacré-Cœur. Es war fast schon dunkel und der Mond stand am Himmel. Claire de la lune aus der Suite Bergamasque kam ihr in den Sinn. Und sie konnte es jetzt hören, oder zumindest rief sie es aus ihrer Erinnerung ab, hatte Note für Note und deren Klang im Ohr und fühlte sich endlich angekommen. Morgen würde sie den Vormittag nutzen um ein wenig dem Touristenklischee zu entsprechen. Sie hatte sich eine Route zurechtgelegt, die sie nach dem Mittagessen dann auch zum Cimetière de Passy, Debussys letzter Ruhestätte führen sollte. Jetzt aber machte sie sich fürs Bett fertig, nahm eine kurze Dusche, putzte sich währenddessen die Zähne um dann, nur in Unterwäsche ins Bett zu steigen und das Licht zu löschen. Sie schlief umgehend ein.

Der Nächste Tag begann für sie kurz nach zehn Uhr. Sie hatte sich keinen Wecker gestellt, hatte aber vorgehabt um einiges früher aufzuwachen. Die Strapazen der Reise, das frühe Aufstehen am Vortag und die vielen Eindrücke der Stadt, hatten wohl das Ihrige getan und so war sie zu einer Zeit erwacht, zu der sie eigentlich schon im Parc Champs de Mars, direkt vor dem Eiffelturm sein wollte. Sie ärgerte sich nicht darüber, befand sie sich ja im Urlaub. Was machte das schon und ihr Körper hatte die Erholung offensichtlich eingefordert. Sie schlüpfte aus dem Bett, machte sich auf ins Bad, um von dort, nach einer kurzen Dusche, nackt zum Kleiderkasten zu gehen um sich für den Tag fertig zu machen. Das Frühstück im Hotel endete um zehn Uhr, sie hatte es also knapp verpasst. Baguette vom Vortag, die Kekse die sie auch gekauft hatte und der Käse waren ihr karges Frühstück. Auf dem Weg würde sie wohl einen Kaffee probieren. Sie trank nur selten Kaffee, zu bestimmten Anlässen wie zum Beispiel Familienfeiern, auf denen man bestimmten Traditionen ohnehin nicht entkam. So verließ sie, gesättigt und voller Tatendrang ihre Herberge. Auf dem Weg zur Metrostation beobachtete sie das vormittägliche Geschehen auf den Straßen, zog wieder ihren Faltplan zu Rate und fuhr dann direkt an die Seine, die sie entlangspazierte in Richtung Eiffelturm. Es war heute etwas wärmer als am Vortag, der Himmel aber gleich verhangen und trotzdem wirkte es auf sie in keinster Weise trist. Vom Quai d'Orsay sah sie das mächtige Bauwerk in den Himmel ragen und erinnerte sich, was sie darüber einmal gelernt hatte. Eigentlich war es ein Glück, dass er noch da stand, denn nach der Weltausstellung 1899 regte sich weiter Protest gegen das Bauwerk, der schon zu Baubeginn eingesetzt hatte. Viele Touristen traten die Reise nach Paris ausschließlich an, um die 312 Meter des Turms zu erklimmen und um sich, von dort oben aus, einen Überblick über die Metropole zu verschaffen. Von weitem konnte sie jetzt schon die Eingänge zum Turm einsehen, und an jedem stand eine ansehnliche Anzahl an

Menschen, die darauf warteten, vorerst einmal zu den Kassen gelassen zu werden. Rund um dieses Gelände, ebenso wie an anderen belebten Touristenattraktionen der Stadt, gab es die dafür üblichen Straßenhändler, die allesamt ohne Lizenz die typischen Souvenirs feilboten. Waren die Gendarmen in unmittelbarer Nähe, packten sie ihre Waren ein und machten sich auf den Weg in eine naheliegende Seitengasse, um beim Abzug der Polizei ihren ursprünglichen Platz wieder einzunehmen. Um einen schnellen und reibungslosen Abzug zu garantieren, hatten sie ihre Stücke auf einem großen Tuch platziert, das sie, im Falle eines Falls, an den vier Ecken hochzogen, schulterten und sich so einfach und flink aus dem Staube machten. Clara begutachtete die Eiffeltürme in allen Variationen und Größen, vom meterhohen Modell bis zum bunten Schlüsselanhänger. Fünf Stück zwei Euro. Somit hätte sie ihre Verpflichtungen den Daheimgebliebenen gegenüber erfüllt. Sie wählte fünf verschiedene Farben aus, bezahlte und steckte die kleinen Metallskulpturen in ihre Tasche. Danach kämpfte sie sich durch die Menschenmassen, die alle zum Turm strömten und somit die Gehwege in die entgegengesetzte Richtung versperrten. Clara Hochstetter wollt ein wenig durch die Gassen mit den Souvenirshops spazieren, dort wo es diese großformatigen Bilder mit den Aquarelldrucken gab, die verschiedene Pariser Szenen und Wahrzeichen abbildeten. Das Angebot in diesen kleinen Läden war nahezu ident. Es gab überall die gleichen Bilder, Postkarten und Plakate, Mokkatassen, T-Shirts, Kugelschreiber und all den Tand, der für Touristen so wertvoll und für Einheimische so vernachlässigbar war. Der einzige Unterschied der bestand, war jener, dass, umso näher man an einer Sehenswürdigkeit war, umso höher auch die Preise waren. Clara begutachtete die Drehständer mit den von ihr gesuchten Bildern, sah sich die verschiedenen Motive an und beschloss, am Tag ihrer Heimreise oder an dem davor, sich eine kleine Auswahl dieser Drucke zu leisten. Zu einem Preis von je drei bis vier Euro war das kein unmögliches Unterfangen. Jetzt aber war es Zeit für einen kleinen Imbiss. Das improvisierte Frühstück und der kleine Kaffee danach, waren mittlerweile vergessen und verdaut, und so machte sie sich auf, ein ihr entsprechendes Bistro oder Café zu finden. Und mit diesen Lokalen verhielt es sich genau so wie mit den Souvenirläden. Je näher an einem Wahrzeichen, desto höher die Preise. So ließ sie das Trocadéro hinter sich, den Eiffelturm links liegen und machte sich, den Marspark querend, Richtung École Militaire auf. Dort zogen die Besuchermassen lediglich durch, auf dem Weg zu ihren Zielen, die sie den taschengerechten Reisführern oder aber mittlerweile auch schon ihren Handys entnahmen. Clara Hochstetter hatte ihr Handy dabei, sie benutzte es aber nicht. Ja gestern, als sie ihre Mutter angerufen hatte, da war es praktisch, und am Abend, bevor sie zu Bett ging, hatte sie noch eine SMS an ihre Freundin in Wien verschickt, zu mehr aber gebrauchte sie dieses Ding nicht.

Sie hatte einen Tisch direkt im Schaufenster gewählt. Natürlich würde es teurer sein, als sich etwas einpacken zu lassen und es im Freien zu verspeisen, heute wollte sie aber einmal in Ruhe sitzen, das Wetter lud ohnehin nicht dazu ein, in der Wiese oder auf einer Parkbank länger zu verweilen. Clara bestellte sich ein Sandwich, dazu Tee. Sie griff sich eine der gestapelten Zeitungen vom Eingang und blätterte sie durch während sie auf ihre Bestellung wartete. Sie verstand nicht alles was sie las, sinngemäß aber den Inhalt, das reichte ihr. Es war ohnehin nicht so wichtig, was die Zeitungen zu berichten hatten, sie war auf Urlaub, was ging sie in dieser Woche schon der Rest der Welt an?

Der Kellner brachte das Sandwich, eine Glastasse mit heißem Wasser, den Teebeutel dazu. Zucker war in zwei kleinen Päckchen die neben dem Löffel lagen. Clara öffnete die Verpackung des Teebeutels, zog ihn heraus und hängte ihn in die Tasse. Man konnte sehen wie das heiße Wasser die Aromen und Inhaltsstoffe aus den getrockneten Blättern durch den Zellstoff hindurch auslöste und so langsam aber sicher sich die Farbe der Flüssigkeit änderte. Clara kaute und blickte dabei auf die Gasse. Hier waren weniger Leute unterwegs. Oder kam es ihr einfach nur so vor, weil ihr die Menschenmassen den Vergleich einfacher gemacht hatten. Eines dieser Zuckerpäckchen musste reichen. Sie verrührte die Kristalle in den heißen Tee, sah zu wie sie sich drehten und langsam auflösten, bis auf einige wenige, die auf den Boden der Tasse sanken. Dann nahm sie einen Schluck, vorsichtig und spürte wie die heiße Flüssigkeit ihre Kehle hinunter rann. Ein kurzer Blick auf ihre Uhr verriet ihr, dass es kurz vor halb drei Uhr nachmittags war. Sie würde sich dann auf den Weg machen, um zu der Station zu gelangen, die der eigentliche Grund ihrer Reise gewesen war. Die letzte Ruhestätte von Claude Debussy. Aber sie hatte es nicht eilig. Am Plan legte sie sich nun ihre Route zurecht. Es würde nicht weit sein, den Weg den sie bis zu diesem Café gegangen war würde sie wieder zurück gehen müssen, dann die Seine überqueren und am Trocadéro links in die Rue du Commandant Schlœsing abbiegen, um so zum Cimetière de Passy zu gelangen. Zwanzig

Minuten würde sie dazu benötigen. Das Sandwich hatte sie gegessen, der Tee war so gut wie geleert und Clara Hochstetter gab dem Kellner ein Handzeichen. Er brachte die Rechnung, sie überschlug schnell das erwartete Trinkgeld, legte es auf die silberne Tasse und bedankte sich. Ihre Tasche über der Schulter verließ sie das Lokal.

Es standen nach wie vor Wolken am Himmel und ein leichter Wind wehte, doch zum Glück schien es nicht so, als würde es in der nächsten Stunde zu regnen beginnen. Im Champ du Mars, dem Märzpark überkam sie eine leichte Melancholie und sie dachte an ihr Klavierspiel und an all die Stücke, die sie in ihrem Inneren hören konnte. Und als wäre sie in einem Konzertsaal vernahm sie die Anschläge der Tasten, die mit ihren Hämmerchen die Saiten zum Schwingen und somit die Töne zum Klingen brachten. Das Klavier war ihrer Ansicht nach ein erhabenes Instrument, das im Zusammenspiel der weißen und schwarzen Tasten, Musik in ihrer vollkommensten Form erschuf. Debussy hatte es verstanden die Noten aneinanderzureihen und ihnen somit neues Leben einzu-hauchen. Die Menschenmassen hinter sich lassend überquerte sie den Pont d'Iena, die Brücke über die Seine, die das eine Ufer mit dem anderen Verband. Dann stieg sie die Stufen zum Trocadéro empor, durchschritt die Säulenhalle um sich auf der anderen Seite, am Place du 11 Novembre wiederzufinden. Sie hielt sich links und war, nachdem sie die Straße überquert hatte, in der Rue du Commandant Schlœsing. Die wenigen Meter die sie jetzt noch zurücklegen musste, führten sie an einem dieser modernen Toilettenhäuschen vorbei, dessen Bedienungsanleitung dreisprachig an einer Seite angebracht war und versprach, dass während des Aufenthalts, niemand anderes das WC betreten würde können. Jedoch würden sich die Türen automatisch nach zehn Minuten wieder öffnen, um Missbrauch jeglicher Art schon im Keim zu ersticken. Sie hatte, als sie diese Zeilen las, insgeheim Schmunzeln müssen. Hier überließ man nichts dem Zufall. Nun stand sie am Eingang des Cimetière de Passy. Unspektakulär war es lediglich eine Einfahrt, die etwas Anstieg und in einer Rechtskurve endetet, und so direkt in die Reihen der Gräber entließ. Am Eingang gab es ein offenes Fenster hinter dem sich ein Bediensteter der Friedhofsverwaltung aufhielt, dort seinen Kaffee trank und freigiebig, in Plastikfolie eingeschweißte Pläne des Geländes hergab. In diesen Plänen waren in einem Register, alle prominenten Grabstätten eingezeichnet. War man also hierhergekommen, weil man jemanden bestimmtes suchte, so fiel dies, mit Hilfe dieser Unterlagen, nicht schwer. Clara Hochstetter hielt den Plan in ihrer Hand, versuchte sich zu orientieren und befand sich kurz darauf in einer nicht allzu langen Baumallee. Der Friedhof war überhaupt relativ klein und überschaubar. An allen vier Seiten war er von einer etwa zwei Meter hohen Mauer eingefasst wobei eine der vier an ein Wohnahaus grenzte, von dem man unter diesen Umständen einen recht makabren Ausblick hatte. Neben schmucken, gepflegten Grabstätten gab es verfallene Grüften, deren Türen quietschten wenn man vorbei ging. In den Himmel ragende Monumente standen neben bodennahen Grabeinfassungen, und das alles wirkte etwas unordentlich und wirr. Debussys Grab lag im hinteren Teil des Friedhofs, nicht unweit von den Balkonen des Wohnhauses. Für Clara Hochstetter hatten Friedhofsbesuche noch nie ein Problem dargestellt. Furcht hatte sie niemals empfunden und allzu abergläubisch war sie auch nicht, doch jetzt fröstelte es sie ein wenig. Es musste am Wetter liegen. Sie stand nun vor der sauber polierten Steinplatte und holte ihr Handy hervor. Zu diesem Zweck war es doch sehr nützlich. Sie versuchte die Grabstätte des Komponisten ins Bild zu bekommen, trat zwei Schritte zurück und drückte mehrmals den Auslöser. Zwischen dem künstlichen Klicken ihres Telefons, während es die Bilder machte und so suggerieren wollte, man bediene eine Kamera, vernahm sie leises Klavierspiel. Es war ihr ein wenig unheimlich, jedoch fasste sie sich und definierte den Moment als magisch. Der Schatten den sie aus dem Augenwinkel wahrnahm war weg, als sie in jene Richtung blickte. Sie musste sich getäuscht haben, das Licht spielte heute ohnehin verrückt und möglicherweise war es auch der Blitz ihres Mobiltelefons gewesen, den sie zur Sicherheit aktiviert hatte. Jetzt konnte sie Debussys Spiel aber deutlich vernehmen. Um sich nicht sofort für verrückt zu erklären, schob sie es auf den Wind und das nahe Wohnhaus in dem wohl jemand selbst gerade spielte, und das just Debussy. Schritte kamen näher und sie sah sich abermals um, doch niemand war da. Ihre Phantasie spielte ihr wohl einen Streich. Waren ihre Nerven der Situation nicht gewachsen, war es zu viel für ihren Geist es zu verarbeiten, dass sie hier am Grab von Debussy stand? Das Unheimliche schien nun von ihr immer mehr Besitz zu ergreifen, der Schatten, die Schritte, alles schien sich zu wiederholen, jedoch niemand war hier. Oder sah sie ihn nur nicht? Versteckte er sich hinter einem der vielen, nicht einsehbaren Steine, der Gruften, hinter einer quietschenden Metalltüre? Was versuchte dieser Ort mit ihr zu machen, was ließ sie zu und was bildete sie sich ein? Ihre Bilder hatte sie, sie konnte gehen, es war nichts mehr was sie an diesem Ort hielt. Die Musik wurde lauter, die wenigen Blätter an den Ästen rauschten, der Wind tat sein Übriges und das Licht, das durch das Spiel der Wolken sich stetig veränderte, fügte ihrer Seele den Schmerz zu, den sie bisher noch nicht gekannt hatte. Eiligen Schrittes ging sie den Weg, den sie vorher genommen hatte zurück, bog nach rechts ab, dann wieder rechts um vor sich die Einfahrt zu erblicken, die sie wieder auf die belebten Straßen von Paris geleiten würde. Die Schritte hinter ihr, waren noch nicht verklungen, als sie sich wieder auf der Rue du Commandant Schlœsing befand, in Freiheit, jedoch immer noch durch heftige Begleitung der Musik verunsichert und kurz davor laut aufzuschreien. Niemand war hier, die Straße war wie ausge-storben, wo waren all die Menschen hin, wo waren die, die hier lebten? Die Schritte kamen näher und Debussy spielte auf seinem Klavier Nocturne von 1890. Wo war jemand, wo war der Beamte der ihr den Plan überreicht hatte? Sie hatte ihn nicht gesehen und zurück wollte sie jetzt auf keinen Fall. Sie lief die Mauer, die den Friedhof umfasste, entlang, vor sich sah sie die moderne Toilette und ihren letzten Ausweg darin. Sie würde sich einschließen und die Polizei rufen. Wenn sie wirklich verfolgt würde, könnten die ihr helfen. Sie drückte den Knopf neben der Türe und diese schwang umgehend zur Seite. Sie trat ein, betätigte innen den Schließmechanismus und ließ sich auf dem Sitz der Toilette nieder. Im hellen Licht versuchte sie sich zwischen Debussys Klavierspiel und ihrer Angst an die Nummer des internationalen Notrufs zu er-innern. 112. Das war es. Ganz einfach, sich musste sich zusammennehmen um nicht hysterisch aufzulachen, als sie ihr einfiel. Dann drückte sie die Tasten, nur um festzustellen, dass sie keinen Empfang hatte. War sie hier gefangen, ohne Möglichkeit sich nach außen hin bemerkbar zu machen? War sie in einem Käfig ohne Gitter? Die Musik wurde lauter und übertönte mittlerweile selbst ihr Schluchzen, das immer verzweifelter wurde, um letztendlich in hysterischem Geschrei zu enden.

Nach zehn Minuten schwang die Türe automatisch auf. Sie war bis dahin nicht von innen geöffnet worden und so tat sie jenes, was ihr von programmierten Chips geheißen wurde. Die Gendarmen trafen kurz darauf ein, jemand musste sie gerufen haben, konnten aber lediglich nur noch den Tod der jungen Dame feststellen. Eine Studentin aus Österreich. Was genau vorgefallen war, darüber rätselten Passanten, die Zeitungen schrieben was ihnen einfiel und die offizielle Version ließ auf sich warten. Warum die junge Frau sich nicht, mit Hilfe ihres Handys, bemerkbar gemacht hatte, konnte niemand recht verstehen. Der Empfang in diesen Einrichtungen war im Grunde noch besser als auf der Straße selbst, da diese Toiletten über ein integriertes Notrufsystem verfügten, die über das Handynetz liefen.

Sie löschte die Nachttischlampe und drehte sich zur Seite. Ihr Mann war, wie üblich, noch nicht hause gekommen. Wahrscheinlich würde er wieder nach Schweiß, Rauch und Alkohol stinken wenn er sich später zu ihr legte. Wenigstens roch er nicht nach anderen Frauen. Das war zugegebenermaßen eine geringe Befriedigung, aber es war eine. Sie war sich sicher, dass er noch nie fremdgegangen war. Er war nicht der Typ dafür und es hatte bisher auch keinerlei Anzeichen eines solchen Ausritts gegeben. Natürlich, er war beliebt, er war umschwärmt, nicht nur auf Grund seines Jobs, nein, sein Auftreten, seine ganze Erscheinung war so, dass man nicht umher kam, ihn zu mögen. Wenn er einen Raum betrat, nahm er ihn zur Gänze ein. Vielleicht war das auch ein Grund gewesen warum sie ihn geheiratet hatte. Doch das war vor langer Zeit gewesen, als er ihr auch noch Aufmerksamkeit geschenkt hatte, als er sie noch für voll genommen hatte, wahrscheinlich als er sie erobern wollte. Jetzt hatte er mit ziemlicher Sicherheit sein Interesse an ihr verloren. Sie fühlte es und sie fühlte es schon lange. Warum sie nichts an ihrer

Situation änderte, konnte sie auch nicht so recht beantworten. Eigentlich hielt sie nichts mehr bei ihm, es gab keine Kinder, die zumindest ein vorgeschobener Grund hätten sein können. Finanziell würde sie sich bei einer Scheidung keine Sorgen machen müssen, sie würde versorgt sein und keinen Tag ihres restlichen Lebens mehr arbeiten gehen müssen. Was aber war es, das sie noch bei ihm hielt? Wahrscheinlich hatte sie gar nicht die Kraft dazu. Den Willen hatte sie schon und sie hatte sich das Szenario auch schon oft ausgemalt, sich vorgestellt, wie sie in ihrer eigenen Wohnung leben würde, wie sie ihre Räume nach ihren eigenen Gesichtspunkten einrichten würde, ohne, dass er es wieder besser wissen würde, es war lediglich die Kraft die ihr dazu fehlte, es zu beenden. Es war nicht schlimm geschieden zu werden, wenn man die war, die ging. Es würde ihr auch nichts ausmachen wenn er sie verlassen würde. Dann würde sie diesen Schritt nicht tun müssen und niemand könnte ihr etwas vorwerfen. Sie wäre die, für eine jüngere verlassene Ehefrau und er der Böse bei dieser Farce. Manchmal wünschte sie sich sogar, dass er eine Affäre hatte, die sie entdecken würde. Seine Sekretärin himmelte ihn ohnehin schon seit ihrem ersten Arbeitstag an. Nun, es war nur ein Traum, denn bald schlief sie tief und fest und bemerkte so auch nicht, wie er die Haustür aufschloss, ins Vorzimmer trat und sich die Schuhe von den Füßen streifte. Dann machte er sich auf den Weg zur Toilette, nicht ohne sich dabei eine Zigarette anzuzünden. Sie hasste diesen Ruch der sich durchs ganze Haus zog. An Tagen, an denen er nicht arbeitete, die er daheim verbrachte, in Unterhosen, Socken und T-Shirt unter dem sein Bauch hervorquoll, musste sie mitunter das Haus verlassen weil er unentwegt rauchte. Rücksicht hatte er noch nie genommen, auf nichts und niemanden. Höchstens auf seine Mutter, die war für ihn eine Heilige gewesen und sie durfte auch nichts von seinem Lebenswandel wissen. Für sie war er ihr Bub und diese Illusion war bis zu ihrem Tod aufrechterhalten worden. Wohl gar nicht so wegen ihr selbst, es ging ihm wohl nur darum, dass er sich keine Blöße geben wollte. Seine Mutter hatte ein Bild von ihm gehabt und das galt es zu erfüllen, dass er zu schwach war es tatsächlich auch zu leben, das sollte sie nicht wissen. Sich von ihr zu emanzipieren war keine Option gewesen.

Er drückte die Spülung, warf die glimmende Zigarette in das rauschende Wasser und machte sich in die Küche auf. Er öffnete den Kühlschrank, nahm ein Stück kaltes Fleisch von einem Teller, biss ab und legte es wieder zurück. Huhn. Sie hatte es sich am Abend gemacht, aber nur einen kleinen Teil davon gegessen. Im Wohnzimmer ging er an die Bar, nahm die Whiskeyflasche vom Regal, ein Glas und schenkte es sich bis zur Hälfte voll. Damit ging er zur Couch, griff nach der Fernbedienung und schaltete das Fernsehgerät ein. Irgendein Film, den er vor Jahren schon nicht gemocht hatte, flimmerte über den Schirm. Er schaltete weiter, überflog die Programme, blieb hängen, schaltete um, bis er bei einer Talkshow hängen blieb, bei der es darum ging, dass sich die Ölreserven der arabischen Staaten nun doch nicht so schnell erschöpfen würden. Da hatte er den Beweis, es ging immer irgendwie weiter, entgegen allen Miesmachern, es gab immer ein Morgen. Morgen würde Mittwoch sein, die Mitte der Woche. Nun, ihm war das gleich, es war ohnehin immer dasselbe. Er würde am Morgen mit einem leichten Kater aufwachen, so wie jeden Tag, mit der Ausnahme der Wochenenden, da konnte er ausschlafen. Ausgenommen natürlich es würde wieder irgendeinen unsinnigen Termin geben, den er, oder gar beide gemeinsam, wahrnehmen musste. Verpflichtungen nannten sie das und derer gab es viele.

Er hatte sein Glas zu Ende getrunken, stand auf und schenkte sich ein nach. Warum sollte er jetzt zu ihr ins Schlafzimmer hochgehen? Das Interesse an ihr hatte schon vor langer Zeit verloren obwohl sie immer noch miteinander schliefen. Es gehörte sich wohl so und natürlich gab es auch diese Bedürfnisse, die zu stillen es galt. Ein Seitensprung kam für ihn nicht in Frage. Er hatte ihr ein Versprechen gegeben und das war ihm heilig. Nun, vielleicht nicht gerade heilig, er hielt sich eben daran. Den Kanal mit der Talkshow hatte er mittlerweile hinter sich gelassen und befand sich nun in einem Mafiafilm aus den siebziger Jahren. Er hatte das alles doch schon einmal gesehen, die Filme, die Tage, die Nächte, sie wiederholten sich unentwegt und festigten die, ohnehin schon in jede Faser seines Daseins gekrochene, Langeweile. Eine letzte Zigarette lag noch in der Packung. Er nahm sie, steckte sie zwischen seine Lippen und ließ das Feuerzeug aufflammen. Sie schmeckte ihm nicht. Er hatte heute schon zu viel geraucht. Waren es zwei Schachteln oder mehr gewesen? Tagsüber rauchte er nicht so viel, er war durch seine Arbeit abgelenkt und hatte gar nicht so viele Möglichkeiten um zu rauchen. Saß er aber an der Bar irgendeines Innenstadtlokals, rauchte er eine nach der anderen, während er Whiskey und Bier trank. Jetzt aber war er daheim. Er drückte die halbgerauchte Zigarette im Aschenbecher aus, leerte das Glas in einem letzten Zug, stellte es dann auf den Tisch und schaltete mittels Fernbedienung den Fernseher ab. Im Badezimmer zog er sich aus, warf sein Gewand auf den

Boden, sah sich kurz in den Spiegel, um sich gleich aber wieder davon abzuwenden. Er musste sich heute nicht mehr in den Spiegel sehen können, der Tag war vorbei und es gab nichts mehr zu retten. Dann löschte er das Licht am Gang und betrat das Schlafzimmer. Sie schlief schon und er würde es auch gleich tun. Wäre da nicht dieses Verlangen das ihn überkam, als er ihr rechtes Bein, nackt bis zum Arsch vor sich sah. Die Decke musste verrutscht sein oder es war ihr zu heiß geworden. Er bemerkte ein Gefühl in sich aufkommen, dass er in den letzten Jahren so selten verspürt hatte. Er setzte sich auf den Bettrand und fuhr mit zwei Fingern seiner rechten Hand über ihre weiße Haut. Sie stöhnte kurz auf und zog sich die Decke zu Recht. Er fasste darunter, strich weiter über ihre Waden, die Kniekehlen entlang, über ihre Oberschenkel, sie waren immer noch fest und nicht zu breit, ertastete den Anfang ihrer Arschbacken und ließ seine Hand wieder hinuntergleiten. Sie begann sich zu bewegen. Drehte sich erst auf die eine, dann auf die andere Seite, bis sie näher bei ihm auf dem Rücken lag. Ihr Atem ging nun etwas schneller und auch seine Bettschwere war mittlerweile verschwunden. Er legte sich nun neben sie und ließ seine Hand weiterhin über ihren Körper wandern. Von ihren Beinen stromaufwärts, über ihr Allerheiligstes zu den Brüsten, die er sanft streichelte und deren mittlerweile harte Nippel er leicht zwischen den Fingerkuppen drückte. Warum hatte er das so lange nicht mehr getan, hatte er die Sinnlichkeit dieser Momente vergessen, wie konnte die Erinnerung in all der Zeit verblassen? Wieder stöhnte sie auf und wälzte sich nun auf die linke Seite, den Rücken ihm zugewandt. Er fasste sie an der Hüfte und dreht sie wieder zu sich. Sie öffnete die Augen, sah ihn verschwommen vor sich, roch seinen Atem und wollte sich wieder wegdrehen, da presste er seine Lippen auf die ihren und steckte ihr die Zunge in den Mund. Sie versuchte ihn von sich zu stoßen, ihn wegzudrücken, hatte dabei aber nicht den Hauch einer Chance. Er war viel stärker als sie, immer schon. Jetzt lag er mit seinem ganzen Gewicht auf ihr und versuchte die wenigen Kleidungsstücke die sie trug von ihrem Körper zu ziehen. Sollte sie sich wehren? Sollte es nicht einfach schnell erledigt sein? Dann würde sie wieder Ruhe haben und weiterschlafen können. Es war nicht das erste Mal, dass sie unterschiedliche Vorstellungen hatten, dass sie unterschiedliche Dinge wollten. Gewinnen würde ohnehin er. Jetzt fasste er sie am Hals, sie bekam kaum noch Luft, versuchte sich von seiner Umklammerung zu lösen, was ebenso erfolglos wie sinnlos war. Er war jetzt sichtlich erregt, sie konnte es spüren. Er versuchte zwischen ihre Beine zu kommen, zuerst mit der einen Hand, dann mit seinen Knien und letztendlich mit seinem Schwanz. Sie hatte es schon unzählige Male über sich ergehen lassen, doch heute war es anders, sie wollte es nicht und zum ersten Mal würde sie es auch kundtun. Sie versuchte ihre Oberschenkel zusammen-zupressen, sich seinen rhythmischen Stößen zu entziehen, vergebens. Er hatte die Oberhand. Jetzt begann er zu stöhnen und es ekelte ihr vor ihm, er stöhnte und schwitzte und bewegte sich stoßartig, auf ihr liegend, vor und zurück. Vor ihren Augen sah sie sein verzerrtes Gesicht, seine Lieder flatterten und sie betete fast darum, dass endlich sein Herz zu schlagen aufhören würde. Das tat es natürlich nicht. Es pumpte weiterhin Blut durch seinen Körper, verhalf ihm dazu sich zu bewegen, ließ Luft in seine Lungen strömen, die er dann, verwandelt zu einem bestialischen Gestank ihr direkt in die Nase atmete. Sie spürte wie seine Stöße immer schneller, immer hektischer wurden, fühlte wie er sich dem Höhepunkt näherte, dann seinen Schwanz aus ihr zog, um in einem lauten Schrei, einem letzten Aufbäumen auf ihr zu kommen. Danach ließ er von ihr ab, fiel wie eine vollgesogene Zecke von ihrem Körper und schlief umgehend ein. Sie spürte die warme Flüssigkeit auf ihrer Haut, stand auf und ging ins Badezimmer.

Sie musste oft daran denken, jedoch erwähnte sie den Vorfall nie. Sie hatte es zuvor auch nicht getan, warum sollte sie es dann jetzt tun. Doch es hatte sich in ihr etwas verändert nach dieser Nacht. Es war nicht offensichtlich, man bemerkte es nicht ihrer Art und nicht an ihrem Umgang mit ihm. Sie kam weiterhin all ihren Verpflichtungen nach, zeigte sich mit ihm, lachte und ließ sich bei den unterschiedlichsten Ereignissen als seine Frau vorstellen. Doch sie würde vorsorgen, sie würde es sich nicht mehr gefallen lassen, insofern hatte sie sich verändert. Sie spürte es, und wenn sie sie auch die Einzige war, die diese Veränderung wahrnahm, war sie da. Die Tage vergingen genauso wie sie die letzten Jahre über auch vergangen waren. Der Morgen folgte einer Nacht und die Stunden, die zwischen Morgen und Abend lagen, waren gefüllt mit der gleichen Tristesse, die sie mittlerweile als Freundin gewonnen hatte. Er kam heim, jeden Tag spät, hatte kein Interesse an ihr, an dem wie sie lebte und was sie fühlte, an ihren Träumen und ihren Gedanken, schenkte sich seinen Whiskey ein und ließ sich vom nächtlichen Fernsehprogramm berieseln, bis er müde genug war um ins Bett zu fallen. Der heutige Tag aber, war selbst für ihn zu viel gewesen. Nichts als Stress und selbst am Abend, an der Bar, war die Stimmung unausgeglichen und hektisch gewesen. Er wollte einfach nur noch schlafen, das alles vergessen und sich morgen nicht mehr daran erinnern. Er ließ das Badezimmer heute links liegen, ging ins Schlafzimmer, zog sich bis auf die Unterhose aus, ließ seine Kleidung dabei zu Boden fallen und legte sich nieder. Kurz darauf spürte er ihre Hand zwischen seinen Beinen, wie sie langsam hinaufglitt und versuchte in seine Unterhose zu rutschen. Er zog sie wieder heraus und warf sie zur Seite. Er würde jetzt schlafen wollen, es war spät genug, sollte sie doch auf den nächsten Tag warten. Er spürte etwas an seiner linken Hand und bemerkte zu spät, dass er sie nicht mehr bewegen konnte. Auf das wollte sie also hinaus. Hatte sie wieder eine ihrer Weiberrunden gehabt, in denen sie sich über die neusten Trends austauschten. Seit diesem Shades of Grey-Hype waren sie sowieso alle übergeschnappt. SM für Hausfrauen. Nun gut, wenn sie das unbedingt wollte, so würde er eben mitspielen. Mittlerweile war seine zweite Hand auch an den anderen Bettpfosten gebunden und er nicht mehr so schlaftrunken wie gerade noch eben. Seine Frau kaute nun regelrecht an seinen Brustwarzen und stöhnte dabei etwas zu aufdringlich. Dann setzte sie sich rittlings auf ihn, holte seinen harten Schwanz aus seiner Hose und ließ sich darauf sinken. Er war heute nicht in Form, er bemerkte es. Er strengte sich an, entließ seine Gedanken in die Wonnen seiner Phantasie und versuchte nicht ans Versagen zu denken. Ach was sollte es, er wollte doch ohnehin nicht, er wollte schlafen. Und sie bemerkte es, wurde nur noch wilder, warf sich auf seine Brust, vergrub ihren Kopf darin, biss ihn bis aufs Blut. Und als er schrie und meinte sie solle aufhören, steigerte sie das Tempo, ließ ihren Unterleib auf seinen fallen, sodass die nackte Haut der beiden Körper ein lautes Klatschen von sich gab, bewegte ihre

Muskulatur, spannte an und ließ wieder locker. Jetzt presste sie ihre Lippen auf seine, griff seinen Kopf mit beiden Händen, hielt ihn fest und schlug mit ihrer Stirn, mit aller Kraft die sie aufbringen konnte auf seine Nase. Dem lauten Krachen seiner Knochen folgte ein Schwall Blut, der umgehend aus seinen Nasenlöchern schoss und seinen Schrei zu einem blutigen Blubbern verkommen ließ. Durch seine Tränen blickte er in ihre starren Augen. Seine Erregung hatte mit diesem Schlag ein jähes Ende gefunden, was sie aber keineswegs davon abbrachte weiterhin ihre rhythmischen Bewegungen auszuführen. Die Seidenbezüge, die ihre Bettdecken umhüllten waren blutdurchtränkt, ihr Nachthemd wies mehrere Flecken auf und seine Brust machte den Anschein, als wäre sie chirurgisch geöffnet worden. Überall war Blut. Doch das Blut das aus seiner Nase rann war erst der Anfang gewesen, das Messer, das sie ihm unzählige Male zwischen die Rippen rammte, fügte ihm Wunden zu, an denen er kurz darauf verstarb. Als sie vernahm, dass er zu Atmen aufgehört hatte, stieg sie von ihm herunter, verließ das gemeinsame Schlafzimmer und ging ins Bad.

Die Temperaturen hatten zumindest den Schnee ein wenig zum Schmelzen gebracht. Es herrschte Tauwetter und das seit mindestens drei Tagen. Auf den Feldern lag noch vereinzelt Schnee, doch die Wege dazwischen waren mittlerweile von Eis und Schnee verlassen. Der kleine Ort selbst erwachte aus seinem Winterschlaf, die Menschen kamen aus ihren Häusern und verbrachten wieder mehr Zeit im Freien, als die langen und finsteren Wintermonate über. Beim Dorfwirten standen die Fenster nun jeden Tag wieder für kurze Zeit offen, um zumindest ein wenig Luftzirkulation zu ermöglichen. Im Inneren des Gasthofs saßen die üblichen Verdächtigen, das Bild, das als Erinnerung an Friedrich Jogler neben dem Kamin gehängt worden war staubte vor sich hin und der Besitzer stand, wie immer um diese Zeit, hinter der Schank. An diesem Tag, der den Frühling verhieß, war Sebastian Haider punkt sechs Uhr aufgestanden, hatte sich für seinen Brotberuf fertig gemacht und war kurz vor sieben aus seinem Haus. Jetzt, es war halb drei Uhr, betrat er das Wirtshaus, nickte den Gästen bei seinem Eintreten zu und setzte sich dem leicht übergewichtigen Wirten gegenüber. Der nahm ein Glas aus dem Regal hinter sich und machte sich daran, dem neuen Gast eine Halbe zu zapfen.

„Wos gibt's Neues?"

„Ned viel."

„Is das Alte a nix wert."

„Kann man so sagen."

„Das Wetter zaht jetzt wieder an."

„Ja, wird eh Zeit."

„Wirfst wieder dein Pool an?"

„Is noch a bissl zu zeitig."

Haider hatte sich vor knapp zwei Jahren einen eigenen Pool auf seinem Grundstück bauen lassen. Hier draußen war das etwas Besonderes. Die Pools waren normalerweise Standard in den Vorstadtvillen, in den Einfamilienhäusern der Speckgürtel diverser Großstädte, hier aber besaß niemand einen und so war es Dorfgespräch gewesen, als Haiders Ansinnen damals durchsickerte. Es gab den üblichen Dorftratsch, wie er sich das denn leisten konnte oder, dass so ein Pool modernes Zeug wäre und man ihn ohnehin nicht brauchen würde. Der Neid war breit gesät, jedoch ging er nicht tief genug, um zu überleben und so normalisierte sich die Situation und im darauffolgenden Jahr sprach man nicht mehr darüber. Just heute aber fragte Josef Gösch danach. Warum auch immer. Zufall oder nicht, Haider konnte es egal sein, was ihm andere neideten ließ ihn kalt. Er bestellte sein zweites Bier und beobachtete dabei die junge Dame, die zur Tür herein kam. Sie blickte sich unbeholfen um, suchte sich einen Platz am Fenster, von dem aus sie das Lokal überblicken konnte und wartete geduldig bis sich Gösch zu ihrem Tisch bewegte. Haider konnte nicht genau hören was sie bestellte, sah dann aber, dass der Wirt Cola mit Rotwein mischte und ihr ein Glas zum Tisch brachte. Danach ging er in die Küche und werkte kurz herum, um mit einem gefrorenem Toast, in Cellophan verpackt, zurück zu kommen, die Hülle zu entfernen und die beiden Weißbrotschreiben mit Schinken und Käse in den Toaster legte. Das Gerät gab beim Heißwerden einige Geräusche von sich, das Metall dehnte sich und Gösch stellte einen Teller bereit, legte eine Serviette, eine Packung Ketchup darauf und wartete solange, bis er sich sicher war, dass die Speise serviert werden konnte.

Monika Schwarz biss in die warmen Toastscheiben, verbrannte sich kurz ihre Zunge am heißen Schmelzkäse und trank zur Beruhigung ihrer Zunge einen großen Schluck Cola-Rot. Es hatte lange gedauert diesen Ort zu finden und es war wieder einmal der Zufall gewesen, der das Seinige getan hatte, um ihr weiterzuhelfen. Und jetzt war sie da und wusste nicht so recht wie sie es angehen sollte. Die Waffe hatte sie in einem Etui in ihrem Rucksack verstaut, der lag zwischen Ersatzrad und Schraubenschlüssel im Kofferraum ihres roten Fiats. Ihr Bruder hatte ihn während ihrer Abwesenheit in seiner Garage eingestellt gehabt. Die vierzehn Monate hatten keinerlei Spuren hinterlassen, wobei, und das konnte man ehrlichen Herzens sagen, für viel Spuren war ohnehin kein Platz mehr auf der Karosserie. Schwarz wischte die Brösel vom Tisch, leerte das Glas und winkte den Wirten zu sich. Der nahm Teller und Glas, murmelte etwas wie: „Hats gschmeckt?", und ging zurück an seinen angestammten Platz. Dort füllte er das Glas ein weiteres Mal und brachte es postwendend retour.

„Kennst du die?", fragte Haider Gösch.

„No nie gsehn."

„Wahrscheinlich auf der Durchreise."

„Wahrscheinlich."

„Na hoffentlich keine Verrückte, so wie der Typ damals."

Gösch sah Haider kurz an, drehte sich dann um weil ihm eingefallen war, dass er umgehend etwas Wichtiges in der Küche zu erledigen hatte. Das Tauwetter vor zwei Jahren hatte die Ergebnisse eines Winters zum Vorschein gebracht, deren Erinnerungen auf Jahre hinaus wohl nicht in den Gehirnen der Dorfbewohner verblassen würden. Drei Tote hatte es gegeben. Ein Pärchen im Wald, und Friedrich Jogler, der Dorfschamane, wie sie ihn manchmal genannt hatten, war erschlagen auf einem Feld gefunden worden. Den Täter hatte man nie gefunden, obwohl es natürlich einen Verdacht gegeben hatte. Ein junger Mann war in diesem Winter des Öfteren in der Gegend gesehen worden, hatte beim Dorfwirt getrunken und gegessen, und sich wohl nicht nur mit Jogler dort unterhalten. Dann war er verschwunden gewesen und in der Erinnerung erst wieder Anfang Frühling aufgetaucht, eben als die Toten entdeckt wurden. Die Polizei hatte die Untersuchungen aber bald eingestellt. Es waren zwar Fingerabdrücke in der kleinen Hütte im Wald sichergestellt worden, die mit jenen eines Banküberfalls in Wien übereinstimmten. Das war aber alles gewesen. Der Fall wurde zu den nicht abgeschlossenen gelegt und wartete darauf, irgendwann, sollte es weitere und ausgiebigere Beweise geben, wieder aufgerollt zu werden.

Monika Schwarz hatte bezahlt und das Lokal verlassen. Sie stand vor der Eingangstür und war sich unschlüssig, was sie nun tun sollte. Da öffnete sich hinter ihr die Türe und Sebastian Haider trat hervor.

„Sie sind ned von da."

Schwarz drehte sich um, musterte den Mann kurz und sagte dann: „Nein, wieso?"

„Nur so, ich hab sie hier noch nicht gesehen, deswegen. Suchens hier wen?"

„Nicht direkt, ich bin halt mal stehen geblieben. Hunger hab ich auch gehabt."

„Naja, da hättens was essen sollen, ned nur einen Toast. Und was habens jetzt vor?"

„Ich bin noch unschlüssig. Vielleicht fahr ich weiter."

„Nach zwei Cola-Rot?"

„Wieso ned?"

„Ich mein ja nur, ich könnte ihnen das Dorf zeigen, ich heiße übrigens Haider, Sebastian Haider."

„Gibt's da was zum Sehen?"

„Bitte?"

„Na hier?"

„Ach so, naja, ist auch wieder wahr."

„Aber zeigens mirs halt, dann setzen sich die Cola-Rot wenigstens."

Haider ging voran und erzählte ein wenig. Nichts Wirkliches, eher banale Dinge. Wie Straßen hießen, wer wo wohnte und, dass er sich letzten Frühling einen Pool hatte bauen lassen.

„Aber is das ned teuer?"

„Schon, wenn man sichs aber leisten kann."

„Aha. Was arbeiten sie denn?"

„Lohnverrechnung."

„Was, da?"

„Nein, in Mürzzuschlag. Da heraußen gibt's so gut wie keine Jobs, a bissl Landwirtschaft, aber davon kann man nimma leben."

„Schad eigentlich."

„Vielleicht."

„Schaut relativ fad aus, da heraußen."

„Ist es eh, außer man hat einen Pool", sagte Haider grinsend.

„Der bringt aber auch nur im Sommer etwas."

„Stimmt."

„Und sonst, gibt's gar keine Gschichten von hier?"

„Was meinens damit?"

„Naja, ein verschlafenes Dorf, da gibt's doch immer irgendwelche Gruselgschichten."

„Ned wirklich. Früher, als der Jogler noch gelebt hat, der hat Gschichten erzählen können. Aber wissens eh, Schnaps und so weiter, der Dorftrinker eben."

„Naja, die sagen aber manchmal die Wahrheit."

„Glaubens?"

„Und der Jogler ist tot?"

„Ja, zwei Jahre is her, dass sie ihn gefunden haben, in einem Feld."

„Erfroren?"

„Möglich, kann mich nimma so dran erinnern. Was machens denn heute noch?"

„Weiterfahren werd ich. Aber danke, dass sie mir alles gezeigt haben."

„Ich hab ihnen ja fast nichts gezeigt."

„Ja eh, gibt ja fast nix da."

Mit diesen Worten ließ Monika Schwarz Haider stehen und machte sich auf den Weg zu ihrem Auto. Er blickte ihr verdutzt nach und dachte bei sich: „Nix für mich, zu widerspenstig."

Die Nacht verbrachte Monika Schwarz im Wagen. Sie überlegte bis spät in die Nacht was hier alles nicht stimmte. Lag es einfach an den Eigenheiten der ländlichen Bevölkerung? Natürlich hatte es einen Einfluss auf die Persönlichkeit, wo man aufwuchs. Und Fremden gegenüber verhielt man sich wohl immer anders, als vertrauten Menschen. Am nächsten Tag würde sie abermals ins Dorf fahren und versuchen mit Bewohnern zu sprechen, oder genauer gesagt, versuchen sie in Gespräche zu verwickeln. Sie hatte die Heizung im Wagen mittlerweile abgestellt, ohne Batterie am nächsten Tag aufzuwachen würde wohl ein wenig zu viel Aufmerksamkeit auf sie lenken.

Die Sonne weckte sie kurz nach sechs Uhr. Es war kalt und Schwarz darüber froh, dass es nicht mehr tiefster Winter war. Sie wäre wohl erfroren, so wie Jogler oder wie es zumindest Sebastian Haider behauptet hatte. Sie würde ein wenig warten, bevor sie sich auf den Weg machte. Jetzt waren wohl alle damit beschäftigt ihren Arbeits- oder Schulweg anzutreten, sich mit Frühstück und Dergleichen zu versorgen, da gab es wohl weniger Gelegenheit beim ansässigen Greißler oder Bäcker Auskünfte zu bekommen. Um zehn Uhr stand sie an dem kleinen Tisch in Martha Steiners Gemischtwarenhandlung, die nicht größer als ein durchschnittliches

Wohnzimmer war, trank Kaffee und kaute an einem Briochekipferl vom Vortag.

„Wo kommens denn her?"

„Aus Wien."

„So schauens eh aus."

„Was soll das bedeuten?"

„Na so fesch, sie passaten da gar ned her."

„Hm, wenn sie das meinen."

„Jo, des seh ich auf den ersten Blick, bei uns wurd ihna nur fad sei."

„Is nie was los bei ihnen?"

„Nie."

„Aha."

„Ja, aber es is gmiatlich. Naja, vor zwa Joa war schon was los. Andauernd die Polizei im Ort."

„Warum?"

„Na erst hams den Jogler gfunden, daschlogn, und dann zwa oben in der Hüttn, die ma mieten kann."

„Da war ordentlich was los?"

„Das könnens laut sagen."

„Und, hat ma den Täter gschnappt?"

„Nie, da war irgendwas mit an Banküberfall, aber gfunden habens den nie. Naja, Hauptsach er is weg."

„Is auch sicher ned lustig gewesen. Wenn ma immer dran denken muss, da is irgendwo a Mörder."

„Wir haben eigentlich ned vü Angst ghabt im Dorf. Die Leichen habens ja gfunden wie der scho weg war. Wissens, der Schnee is weg und die Leichen san übrig blieben."

„Auch kein schöner Frühling."

„Was wollens denn machen, es kummt wies kummt."

„Is auch wieder wahr. Was bin ich schuldig?"

„Zwei Fünfzig."

Monika Schwarz legte drei Euro in Münzen auf den Verkaufstisch, sagt „Passt schon", und verließ das kleine Geschäft. Sie musste jetzt einmal ihre Gedanken ordnen. Hatte Haider wirklich nicht mehr gewusst, dass Jogler erschlagen worden war oder hatte er es bewusst verheimlicht? Und wenn ja, warum? Warum hatte sie es nicht erfahren sollen? Vielleicht tat es nichts zur Sache, vielleicht aber schon. Warum war er ihr sogleich aus dem Lokal gefolgt und hatte sie in ein Gespräch zu verwickeln versucht. Zu viele Fragen. Die Sonne stand am Himmel und in ihren Strahlen spürte man schon die Wärme, die nach einem langen Winter so herbei gesehnt wurde, wie ein Tropfen Wasser in der Wüste, so wie die Freiheit, die ihr für knapp ein Jahr abhandengekommen war. Ein Jahr, das sie in der Justizanstalt Schwarzau verbracht hatte, ein Jahr, das sie wohl nie vergessen wird. Unschuldig hinter Gittern zu sitzen verstand sie nicht. Sie hatte nichts getan gehabt, sie hatte geliebt und sie hatte die Taten von Martin Laban nicht gut geheißen. Es hatte ihr alles nichts genützt. Nachdem dann auch noch die Toten mit dem Banküberfall in Zusammenhang gebracht worden waren, zwar nicht bewiesen aber doch atmosphärisch damit verlinkt waren, hatte sie keine Chance mehr auf ein milderes Urteil. Ihre bisherige Unbescholtenheit hatte sie aber vor Schlimmeren bewahrt; man hatte an ihr ein Exempel statuiert.

Der Schlüssel zur Lösung des Geheimnisses musste Haider sein, darüber war sie sich jetzt im Klaren. Er musste wohl mehr wissen, als er zuzugeben versucht hatte. Vielleicht war er auch die Lösung selbst. Und wenn dem so war, dann würde sie mit ihm abrechnen, sie würde jeden Tropfen Blut rächen, jeden Schlag, jede Minute die sie seitdem alleine zubringen hatte müssen. Sie bemerkte wie sie bei diesen Gedanken zu zittern begann. Jetzt wäre der Moment gekommen, in dem sie zu einer Zigarette greifen würde. Im Gefängnis hatte sie mit dem Rauchen aufgehört. Am Anfang war es hart gewesen, jedoch war rund um sie auch alles hart gewesen, da kam es auf diese Kleinigkeit auch nicht mehr an.

Sie wählte die einfache Methode. Das Telefonbuch. Wie war sein Name gewesen? Haider, einfach zu merken. Sebastian Haider, genau das war es gewesen. Sie gab den Namen des Dorfes und dann Sebastian Haiders Namen ein. Umgehend erschienen Adresse und Telefonnummer auf dem Display ihres Samsung-Handys.

So wie am Vortag, betrat Sebastian Haider den Dorfwirt kurz nach halb drei und steuerte auf seinen angestammten Platz zu. Gösch griff sich ein Glas aus dem Regal und hielt es schräg unter den Zapfhahn. Während die goldgelbe Flüssigkeit langsam das Glas füllte sagte Haider: „Das war a Komische gestern."

„Wer?"

„Na die mit de Cola-Rot."

„Aso. Hast ihr deswegen glei nachrennen müssen?"

„Geh bitte, i bin ihr doch ned nachgrennt."

„Hat aber anders ausgschaut."

„So entstehen Gerüchte."

„Wennst ihr ned nachrennst, entstehen keine."

„Lass ma das."

Haider hatte seit geraumer Zeit keinen Grund mehr irgendetwas zu verheimlichen. Letzten Herbst war seine Frau mitsamt ihrem gemeinsamen Sohn in einer Nacht und Nebelaktion aus dem gemeinsamen Haus sprichwörtlich geflüchtet. Sie hatte die Demütigungen satt gehabt, die Gerüchte, die im Dorf ihre Runden machten. Der Pool hatte sie nicht gehalten, auch nicht die Aussicht auf ein möglicherweise beschwerlicheres Leben. Es war Zeit gewesen, sie hatte es erkannt und sich entschieden.

„Sonst was Neichs?"

„Schaut nicht so aus."

„Fein."

Gösch stellte das Glas vor Haider, der es gleich ergriff und zu seinen Lippen führte. Nachdem er getrunken hatte setzte er es ab, wischte sich den Schaum vom Mund und verließ seinen Platz. Als er wieder von der Toilette zurück kam, schien es so als wäre die Zeit inzwischen stehen geblieben, Gösch stand an seinem angestammten Platz, von dem er den Überblick zu haben schien, an einem Tisch wurde Karten gespielt und an einem weiteren Tisch saßen zwei Landwirte, die aber schon lange keine Ernte mehr eingefahren hatten. Haider nahm sein Glas und ging auf die beiden zu.

„Is da noch Platz?"

„Sicher. Aber sunst sitzt doch immer glei bei der Schank."

„Ja, aber heut ned."

„Na dann setz di zuwa."

Haider nahm das Angebot an und setzte sich. Still saßen die drei da und schwiegen sich an. Knotzer brach als erster dieses Schweigen.

„Jetzt muasst scho wos sogn."

„I waaß aber nix."

„Na geh, du kummst doch vü mehr umadum als wir da. Dazö uns wos von der Stodt, bist ja eh jeden Tag durtn."

„Da is a ned viel los. Zvü Leut, aber sunst, immer derselbe Schmarren."

„Was fahrst denn dann hin?"

„A jeda muss leben, und da heraußen gibt's ja ka Arbeit."

„Arbeit gibt's gnuag, aber ka Göd dafia."

„Das is dasselbe."

„Na, is es ned."

Haider stand wieder auf und setzte sich an die Schank. Er hatte sein Glas leer getrunken und winkte damit Gösch. Der nahm es entgegen und füllte es wieder auf, nachdem er es kurz ausgespült hatte. Diese Prozedur sollte sich noch zwei Mal wiederholen, bevor Haider beschloss nach Hause zu fahren. Er bezahlte und machte sich auf den Weg zu seinem Wagen.

Etwas außerhalb des Dorfes führte eine schmale Forststraße am Wald entlang direkt zu Haiders Haus. Es lag am unteren Ende des Waldsaums und war vom Dorf aus zu sehen. Er hatte es in einem renovierungsbedürftigen Zustand von seinen Eltern geschenkt bekommen. Sie waren, trotz der Verbundenheit zu ihrem Stück Land, in eine kleine Wohnung gezogen, in der jetzt seine Mutter alleine ihren Lebensabend verbrachte. Er sollte sie wieder einmal besuchen dachte er bei sich, als er in die Einfahrt einbog. Die Sonne hatte sich für diesen Tag schon verabschiedet und die Lampe, ausgestattet mit einem Bewegungsmelder, flammte auf als er näher kam. Den Schlüsselbund hatte er in der rechten Hand, suchte jetzt den richtigen und steckte ihn ins Schloss. Da trat eine Person aus dem Dunkel der Hecke, die einen Teil seines Grundstücks einsäumte und blieb zwei Meter neben Haider stehen.

„Was wollen sie da?"

Monika Schwarz antwortet nicht. Sie hielt eine Pistole in ihrer Hand mit der sie auf Haider zielte.

„Sind sie verrückt? Sie haben gestern eh schon so gewirkt."

Schwarz sagte immer noch nichts.

„Was is los mit ihnen? Verlassen sie mein Grundstück."

Seine Stimme hatte mittlerweile die Ruhe und Gelassenheit verloren.

„Sie wissen genau warum ich da bin."

„Woher soll ich wissen warum eine Verrückte mich mit einer Waffe auf meinem eigenen Grundstück bedroht?"

„Sie wissen genau warum ich gekommen bin."

„Wie oft soll ich das jetzt noch sagen, ich weiß nicht was sie wollen und ich weiß nicht wer sie sind."

„Vielleicht wissen sie nicht wer ich bin, was ich will, können sie sich aber sicher denken."

„Gehens jetzt, dann bleibt das unter uns, wenn nicht, ruf ich die Polizei."

„Bis die da ist, sind sie dreimal tot und ich über alle Berge. Sperrens auf. Aber langsam."

„Ich werd überhaupt nichts tun, sie brauchen nicht glauben, nur weils die Waffe da haben, dass ich Angst vor ihnen hab. Wahrscheinlich is die nicht einmal geladen. Lassens mich jetzt in Ruhe."

Monika Schwarz zog am Abzug und schoss in die Lampe, die über der Tür hing. Sie war selbst verblüfft, dass sie diesen Zufallstreffer landen konnte. Glas splitterte und fiel zu Boden, Dunkelheit breitete sich aus und Haider wusste nun nicht mehr was er von der ganzen Situation halten konnte. Automatisch drehte er den Schlüssel im Schloss und öffnete die Türe. Langsam, so wie sie es befohlen hatte.

„Machens ein Licht und gehens weiter."

Haider schritt voran, in den Vorraum, in dem er das Licht anmachte. Links lag die Küche, rechts waren einige Haken an denen Kleidungsstücke hingen. Vor ihm das Wohnzimmer das er jetzt betrat.

„Ich glaub wir können das alles regeln."

„Wir sind gerade dabei", antwortete Monika Schwarz kühl.

„Was wollen sie eigentlich von mir?"

„Persönlich? Gar nix. Ich muss alles nur wieder ins Lot bringen?"

„Bitte was wollens ins Lot bringen?"

„Kenne sie einen Martin Laban?"

„Wer soll das sein?"

„Sie haben ihn umgebracht."

„Wen soll ich umgebracht haben?"

„Martin Laban, stellen sie sich doch nicht dümmer als sie sind. Sie wissen genau wen und was ich meine. Es ist jetzt knappe zwei Jahre her."

„Was ist zwei Jahre her?"

„Dass sie ihn umgebracht haben. Wo ist die blaue Ledertasche?"

„Welche blaue Ledertasche?"

„Mir reißt bald der Geduldsfaden, die blaue Ledertasche mit dem Geld."

„Es gibt keine blaue Ledertasche, wie oft soll ich ihnen noch sagen, dass ich von nichts weiß. Ich habe keine Ahnung wer Martin Laban ist, wo irgendwelches Geld sein soll und was es mit dieser Tasche auf sich hat."

Haider war sich sicher, dass sie einen Schuss ins Blaue gewagt hatte. Labans Tasche war rot gewesen, eine rote Sporttasche und schon gar nicht aus Leder, sie bluffte einfach nur. Er musste an den Schrank mit seiner Pistole kommen, die in der obersten Lade lag. Seitdem sein Sohn aus dem Haus war, verwahrte er sie dort auf, für alle Fälle, unversperrt und geladen.

„Darf ich mich wenigstens setzen?" Monika Schwarz erlaubte es ihm und Haider ging langsam Richtung Couch, auf seinem Weg musste er, die Hand in Ladenhöhe, bei besagtem Schrank vorbei. Er beeilte sich nicht, und die Aussicht auf seine Waffe ließ ihn wieder etwas selbstsicherer werden. Kurz vor seinem Ziel drehte er sich um und warf Monika Schwarz einen verachtungsvollen Blick zu.

„Sie wissen gar nichts, sie suchen eine blaue Ledertasche, versuchen sies doch mal mit einer roten Sporttasche. Vielleicht finden sie ja die."

„Was soll das heißen", entgegnete Schwarz.

„Dass sie keine Ahnung haben wovon sie sprechen."

„Ich weiß genau wovon ich spreche und ich weiß auch was ich will."

„Und das wäre?" Jetzt ließ Haider langsam seine Hand zum Griff der Lade gleiten, fühlte sich unbemerkt, fasste das Metall und zog sie langsam hinter seinem Rücken auf. Da knallte der Schuss, Monika Schwarz stand im Nu neben dem zusammengesackten Haider und zog die Lade auf.

„Brauch ich zwar nicht, nehm ich aber dankend an." Sie lachte und verpasste Haider einen Tritt.

„Was hat es nun mit der roten Tasche auf sich?"

„Welche rote Tasche."

„Gut, wie sie wollen", sagte Schwarz und schoss Haider in das andere Bein."

„Was wollen sie? Ich habe zwanzig Tausend Euro im Safe, die kann ich ihnen geben. Mehr hab ich nicht mehr."

„Mehr wovon? Ich dachte, sie haben keine Ahnung."

„Lassen wir dieses Spielchen jetzt, nehmen sies und verschwinden sie, ich werde auch nichts sagen."

„Sie werden nichts sagen, das ist richtig. Zumindest nicht mehr, wenn man sie gefunden hat."

„Bitte, er hat mich angegriffen."

„Wer, der den sie nicht kennen wollen?"

„Ich habe mich nur verteidigt, es war ein Unfall."

„Martin hätte nie jemanden angegriffen, wenn sich jemand verteidigt hat, dann er."

„Er war ein Mörder."

„Er war kein Mörder, zumindest nicht im eigentlichen Sinn, es waren die Umstände, die ihn dazu gemacht haben. Umstände die geschaffen werden von Menschen wie sie es sind, obwohl man in diesem Fall wohl schwerlich von Menschen sprechen kann."

„Bitte nehmen sie das Geld, nehmen sie das Auto, sie können alles haben, aber lassen sie mich in Frieden."

„Was haben sie mit ihm gemacht?"

„Was soll ich mit ihm gemacht haben?"

„Mit seiner Leiche."

„Die ist draußen."

„Was heißt die ist draußen?

„Ich habe sie vergraben."

„Wo?"

„Im Garten."

Monika Schwarz trat an die doppelflügelige Glastür, fand neben ihr einen Lichtschalter, der den Garten in hellen Schein versetzte. Vor ihr lag eine gemauerte Terrasse, dahinter einige Bäume und Sträucher, ein kleines Gartenhaus und der Pool.

„Wo, da draußen, soll er vergraben sein?"

„Unter dem Pool, er ist unter dem Fundament."

„Das ist unmöglich. Sie müssen Martin noch im Winter ermordet haben, den Pool haben sie erst später errichten lassen, bis dahin wäre die Leiche schon verwest gewesen."

„War sie auch, teilweise, ich habe die Leiche zuerst im Wald vergraben, das war mir dann aber zu unsicher. Sie können ihn nicht zurückholen, wenn sie mich erschießen."

„Nein, das kann ich nicht, er kommt aber auch nicht zurück wenn sie weiterleben. Stehen sie auf!"

„Bitte?"

„Sie sollen aufstehen."

„Wie soll ich aufstehen, sie haben mir in beide Beine geschossen."

Monika Schwarz hörte Haiders gepresste Worte nicht. Sie öffnete die Glastür und trat ins Freie, nicht ohne ihn aus den Augen zu lassen. Sie zielte auf seinen Schädel und sagte: „Kommen sie."

Haider kroch mit schmerzverzerrtem Gesicht über den Boden, hinterließ eine blutige Spur auf seinen Teppichen und bewegte sich hauptsächlich unter Zuhilfenahme seiner Hände vorwärts. Auf der Terrasse angekommen verweilte er für kurze Zeit.

„Machen sie schon weiter, bringen wir es zu Ende, sterben sie wie ein Mann. Außerdem wird mir kalt." Monika Schwarzes Augen blickten nun leer auf Haider und beobachten wie er über den feuchten Terrassenboden kroch. Bei den Stufen zum Pool angekommen, sah er auf und wollte etwas sagen, doch aus seinem Mund kam nur ein leises Krächzen. Monika Schwarz stand neben ihm und verpasste Haider einen Fußtritt, der ihn die fünf Stufen abwärts rollen ließ, sodass er knapp vor der Einfassung des Pools unter Stöhnen zum Liegen kam.

„Und jetzt?", fragte er mit heiserer Stimme.

„Jetzt knien sie sich hin."

„Wie soll ich mich hinknien?"

„Versuchen sies." Monika Schwarz hielt seinen Kopf an den Haaren in die Höhe. Haider versuchte sich aufzurichten. Er sah die hellen Lampen, den Pool vor sich, die Hecke am Rande seines Grundstücks, am Himmel den Mond. Die Kugel spürte er nicht mehr. Monika Schwarz ließ den leblosen Körper zu Boden sinken, vorneüberhängend an der Pooleinfassung und gab ihm einen Stoß, der dazu führte, dass

Sebastian Haider mit einem dumpfen Schlag am Grund des leeren Swimmingpools zu liegen kam. Monika Schwarz verstaute die Waffe in ihrem Anorak und verließ das Haus auf demselben Weg, auf dem sie es betreten hatte. Im Auto blieb sie eine Weile ruhig sitzen, dann nahm sie ihr Handy aus der Tasche und schrieb eine Nachricht: „Alles erledigt." Sie suchte die Nummer von Martin Labans Mutter in ihrem Speicher und drückte auf senden, dann startete sie den Wagen.

Bitte beachten Sie auch die folgenden Seiten

Die Moral ist eine Hure

Eine Sammlung ungewöhnlicher Kurzgeschichten

Taschenbuch 2012

ISBN: 978-3-8482-1504-1

Hot Whiskey

Es stand derselbe junge Mann hinter dem Ausschank wie am Vortag; „Ale?", war seine Frage, „Stout!", meine Antwort.

Taschenbuch 2014

ISBN: 978-3-7386-0774-1

Konrad & Elise

Ein Kinderbilderbuch über Glück, Tod, Schnipp-Schnapp und Kohlrabi zum Selberzeichnen.

Großformatiges Taschenbuch 2015

ISBN: 9-783738-650327

Simmering

Ein LokalkriminalRoman

Taschenbuch 2015

ISBN: 978-3-7386-0774-1

Das Mädchen das immer den Teig kosten wollte

Ein Kinderbuch vom Kochen und vom Kosten, inklusive Rezeptideen für Klein & Groß.

Großformatiges Taschenbuch 2016

ISBN: 9-783837-07704-9

All inklusive

Ein Urlaubsroman mit Kriminalfaktor, Ungereimtheiten und anderen Verwicklungen;
tägliche Animation inklusive!

Taschenbuch 2016

ISBN: 9-7838370-7717-1

Olga, der Elch

Eine Erzählung für kleine und große Kinder.

Taschenbuch 2016

ISBN: 978-3-7412-9273-6

Blutiger Schnee

Ein Trashroman

Taschenbuch 2016

ISBN: 978-3-8370-5600-6

Burg Semmelstein

Eine Erzählung für kleine und große Menschen.

Taschenbuch 2017

Der Junggeselle

12 Erzählungen und eine Einleitung

Taschenbuch 2017

ISBN: 978-3-7448-3374-5

Ebenfalls erhältlich, die **SchneidaRomane**:

Mord am Möllplatz (2015) (vergriffen)

Endreinigung (2016) (vergriffen)

Familienaufstellung (2016) (vergriffen)

Sekundenschlaf (2016)

Untergrund (2016)

Eine Weihnachtsgeschichte (2016)

Eine Dame verschwindet (2017)

Wallfahrt (2017)

Finale (2017) (in Vorbereitung)

sowie

Kemmer ermittelt - der neue Heftroman

erhältlich im Fachhandel und auf

www.girmindl.at